TIGER × DRAGON SPIN OFF 2!

秋高虎肥

竹宮ゆゆこ
插畫◎ヤス

大河同學，都怪妳吃太多啦！
秋高虎肥——11

和春田靠在一起的大姊姊……是誰啊？
春天到了就去群馬！——69

THE END OF 暑假——163
和毘沙門天國的夥伴一起去烤肉！悲劇就是由此發生。

秋天到了就去田裡！——209
高須農場千鈞一髮！這是某個颱風之日發生的事。

「哈！剛才的衝擊讓我得到答案！
今天果然是要吃滷肉！」
「喔，YOU在吃巧克力！
吃了也不會有任何好處YO！」

「瑜伽運動當然是穿這樣最適合。」

這身套裝是眾所熟悉的那個人？

老師的最愛——253

就是這樣，番外篇正式開始！

TIGER×DRAGON SPIN OFF! 2

秋高虎肥

竹宮ゆゆこ

插畫◎ヤス

秋高虎肥

1

高須竜兒不禁感慨。

——這麼說來，和這傢伙結緣也是因為食欲的關係。

不是友情，也不是戀情，但是可以確定有某種情感聯繫著他們。之所以產生這種奇妙、複雜、牢固，甚至稱得上辦家家酒的人際關係，就是因為——

「唔～～嗯。」

具體說來，記得是炒飯。對，就是炒飯。那個想忘也忘不掉、有如惡夢的午夜三點時分做給她吃的炒飯，就是一切的開始。

「唔～～～嗯。」

「唔唔唔～～～～～～嗯。」

「喂……這是生鮮食品，一直拿在手上會退冰，會給店家和其他客人添麻煩。」

「閉跩！」

在她的氣勢之下，竜兒只能乖乖閉嘴。

那句充滿魄力的捲舌回應，應該是「閉嘴」的意思。逢坂大河齜牙咧嘴地怒吼過後，便「唔唔唔～～～嗯。」再度陷入深沉的苦惱。

小小的右手拿著一盒豬肩里肌肉，左手則是一盒豬五花肉。肩里肌可以用來做叉燒（順便用滷汁做簡單咖哩）；五花肉可以煮成軟嫩到快要融化的滷肉。來吧，妳要選哪個？剛才被竜兒這麼一問，大河便愣在超級市場的肉品賣場，一動也不動地比較豬肉。

輕盈搖曳的淺色及腰微捲長髮，近乎透明的牛奶色肌膚，搭配宛如法國人偶的精緻美麗容貌，髮旋位置只到竜兒胸口，以高中二年級來說體格未免太過嬌小，這樣的大河今天依然這麼可愛。即使雙手握著巨大豬肉、即使構造簡單的腦袋正在思考「不如兩種都吃好了……」大河仍然是個美少女。

這位美貌出眾的少女——

「唔唔唔唔～～～嗯奴喔喔～～～！我不行了，沒辦法取捨！竜兒，你來選！既然是你煮，就要負起責任盡量讓你的豬鼻子發揮作用，選好吃的那邊！來吧！快選！」

死也不忘擺架子。

「誰的鼻子是豬鼻子啊！那我選便宜的。今天買肩里肌肉煮叉燒，就這麼決定了。」

「……！」

「幹嘛？怎麼樣？還是妳想吃滷肉？那麼改買五花肉也沒關係——」

「……！」

「我說真的，妳到底想怎樣？肩里肌肉可以吧？可以喔？好，那就這樣。走吧。」

大河依依不捨地來回看過雙手的豬肉，最後叫聲「喝呀！」閉上眼睛，把五花肉擺回去，將肩里肌肉快速丟進竜兒手中的籃子。

「『喝呀！』……？」

「我們走吧，快走。繼續待下去又會猶豫了！肚子明明已經餓到不行了，再這樣下去永遠都吃不到晚餐！決定煮叉燒就叉燒吧！剩下的呢？配菜的材料！我要馬鈴薯沙拉……或是美乃滋通心麵沙拉！」

大河抓著籃子邊緣用力拖行，拚命把視線從肉品賣場挪開，準備離開現場……走開的她似乎還不死心，轉頭瞥了五花肉最後一眼。竜兒只能傻傻看著她說：

「妳最近食欲真好，或者該說嘴饞貪吃……喔！」

「貪吃？你這個粗野鄙俗、各方面都糟糕透頂的豬頭狗肉塊三層肉少囂張了！」

——竜兒已經聽不到她罵人的話。因為大河的手指比嘴巴還快，早就以電光石火的速度狠狠戳入竜兒的眼睛。

「我、我的眼睛……！」

「自找的，別怪我。哼，幹嘛那麼誇張，真是個討人厭的傢伙……喂，你這樣子很丟臉耶，大家都在看你。」

連手指的第二關節都刺進眼睛裡了……好恐怖……那身制服是附近的公立高中吧……噓，這位太太不能看喔……世人善良的目光，連閉著眼睛都能夠切身感受。受到眾人矚目雖然痛苦，但是竜兒此刻仍然只能夠以一身立領學生服打扮，按著眼睛趴在超市走道中央站不起來。他快痛死了，哪管什麼旁人的目光是否刺眼。

大河雙手抱胸，冷漠地低頭看著竜兒，露出一副不耐煩的模樣。這隻粗魯、蠻橫、殘暴，而且是最強最凶狠的野獸——對，她的別名就是「掌中老虎」。這個稱呼實在是替老虎找麻煩，不過這個女人正是以此稱號廣為人知。

「你真的很垃圾。唉，算了。我這個善良澄明的超級好人，就去幫你把要買的東西拿過來吧。我肚子餓得要命，沒那個閒工夫和你在這邊演戲……話說回來，你還真是好運，我願意幫你買東西，想必你一定感動到快哭了吧？我懂我懂。不過別擔心，為了一掃你心中的悶氣，我今後也會盡可能地拚命使喚你。」

如此說完便「哼！」一聲走開。

……降下天譴吧！竜兒用那對狂亂發光的不吉高吊雙眼，以快要噴血的氣勢瞪視大河。其實他的眼神凶惡純粹是遺傳，結膜發紅則是大河手指狠戳造成的。可惜他並非如外表看來那樣，擁有可以使用咒語的魔族血脈。

然而就在下一秒。

「呀啊！」

大河突然在空無一物的走道滑倒，漂亮滑了一公尺之遠。這當然並非天譴，純粹只是因為大河笨手笨腳。竜兒忘記自身的怨恨連忙起身，跑向難看癱在地上的大河。

「喂，沒事吧？」

「好痛……哈！剛才的衝擊讓我得到答案！今天果然是要吃滷肉！」

「……這、這樣啊……」

竜兒再次確認大河的貪吃。他們把籃子裡的肩里肌肉換成五花肉，拿齊美乃滋通心麵沙拉的材料，買了牛奶、明天便當要用的雞蛋、火腿、小松菜，還有便宜的通心麵。另外還看了看正值季節的菇類，無論哪種菇都是又大又便宜。

「喔，這個鴻喜菇……！這個舞菇！好大的香菇！杏鮑菇也好大！說到這粗大的白色真姬菇梗……這就是秋天的滋味吧！好想煮香菇火鍋！」

來到菇類賣場的竜兒忘記眼睛痛，雀躍地來回看著各個包裝。大河也眼睛閃閃發光地伸出手……

「看起來真的好好吃！食物果然還是要吃當季食材！竜兒，還要這個、這個！」

「喔，也要那個……妳是笨蛋嗎！」

大河手拿裝在桐木盒裡的松茸。竜兒當然迅速從大河手裡搶走木盒，小心翼翼地擺回去。沒錯，季節已經來到秋天。超市裡到處裝飾塑膠紅葉，主婦們也圍著鮮魚賣場搶購新鮮的秋刀魚。附帶一提，高須家昨天就是吃秋刀魚。烤得酥脆多汁的魚皮、油脂肥厚的魚肉，再淋上醬油還有滿滿的白蘿蔔泥與酸橘汁……

「……來煮……栗子飯好了……！」

「……哇啊……！」

在回憶秋刀魚的美味之後，竜兒接著又以夢遊的動作，被裝在網袋裡的渾圓栗子吸引過去。大河也搖搖晃晃跟在他身後，手伸向整齊擺在栗子旁邊，圓潤有彈性、表面淡淡妝點白色果粉的大顆巨峰葡萄。一聞到那股絕妙的香氣——

「唔啊啊啊……看起來超好吃的！我還滿喜歡葡萄的……可惡，為什麼秋天有那麼多好吃的東西！」

「我也超愛巨峰葡萄！要、要買嗎？買吧！買來當點心！」

「買、買、買……不……不行！七百八十圓還是太貴了！」

竜兒只拿了栗子，以逃跑的模樣把視線從巨峰葡萄上移開。沒錯，說到秋天就想到食欲之秋。大河最近的食欲，或許該說貪吃程度似乎莫名大幅上昇。不過這也沒什麼，我自己也是一樣，全世界的人應該都是如此。

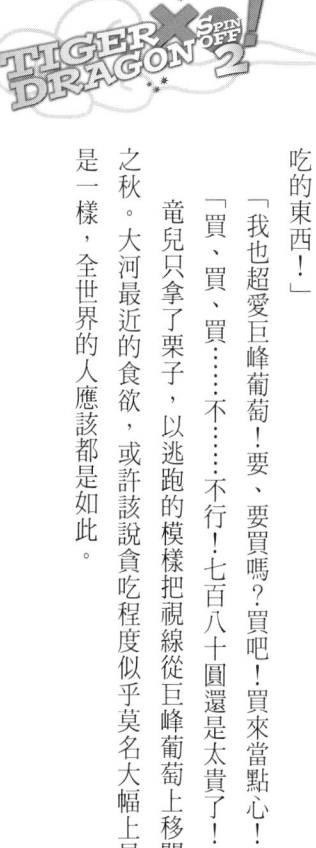

正值產季的食物當然美味，加上秋天是收穫的季節，原本因為夏季酷熱而中暑的身體也恢復健康，這個季節自然會想攝取正常的卡路里。

這就是秋天。俗話說得好：秋高馬肥。

「好，我去結帳！那邊人太多了，妳先去出口等我！」

「嗯！」

竜兒讓大河先離開，自己混在主婦當中排隊結帳。他把環保袋擺在購物籃上，表示不需要購物袋。到此為止的動作流暢無比、毫無滯礙。

出生單親家庭的竜兒，主婦資歷到高二為止已經超過五年。從今年春天開始，由他照顧生活起居的人除了親生母親之外，又多了一個莫名其妙的傢伙，而且這傢伙剛才還用力戳他的眼睛，讓他眼睛充血，看起來比原本還要凶惡。

「歡迎光臨。請問有帶集點卡嗎？」

「有。」

「那麼……呀啊——！」

「……」

結果嚇到收銀小姐，害她發出慘叫——撇開這些不提，竜兒的主婦生涯還算圓滿。挑選當季食材很愉快，從料理到做家事也是竜兒的最愛，一點也不覺得採買會很麻煩。想菜單、顧慮營養、思考如何表現季節氣氛，順便四處比較之後再做決定，這些事比無聊的遊戲更讓竜兒感到有趣。

嚕嚕嚕♪帶著與長相不搭調的超好心情，竜兒將裝滿食材的購物籃拎至裝袋區，放眼找尋大河的蹤影。

「……喔！」

竜兒忍不住屏息。

果然是秋天——食欲之秋。「這裡！」看見大河在揮手，竜兒不由得感到驚訝。明明快要吃晚餐、明明等一下就要滷肉，大河卻在等待竜兒的一小段時間裡，站在超市角落的麵包店前面，啃著巨大的馬芬蛋糕。「啊，這是地瓜馬芬，秋季限定商品。」這不是重點！

「妳在吃什麼東西啊！等一下就要吃飯了！」

「沒——問題，吃得下吃得下，晚飯少吃一點。」

大河大口咬下馬芬蛋糕，「啊！」卻突然露出嚴肅的表情。

「幹嘛？怎麼了？」

「……怎麼辦，我口渴了。」

「誰教妳站在這裡吃馬芬蛋糕，喉嚨當然會渴。忍耐一點，回家我再泡茶給妳喝。」

「……怎麼辦怎麼辦？我好想喝拿鐵咖啡。你看，就是公園那邊的咖啡。」

「妳說什麼?要喝那個?當然不行!就跟妳說等一下要吃晚餐了!看看我!手上還提著豬肉耶!」

「馬上馬上、馬上就好。反正豬肉有保冷劑。只要喝個一口我就滿足了,也不加砂糖。算我的,我請客!對了,你說過喜歡那邊的咖啡不是嗎?我們去喝嘛,好不好!」

大河把馬芬蛋糕塞進嘴裡嚼個不停,同時拉著竜兒往咖啡廳走去。她原本說要喝無糖拿鐵,不過在看到菜單之後——「哇~~楓葉肉桂鮮奶油拿鐵耶!」改喝光是聽名字就覺得很危險的飲料,還趁竜兒去洗手間時——「這個這個!我點了這個!秋天新上市的南瓜蛋糕捲!超~~好~~吃~~的!」

……雖說秋天來了。

即使是食欲之秋——

——契機是炒飯,這段緣分就從大河的食欲開始。大河基於許多原因,三更半夜殺進高須家,最後卻因為肚子太餓而倒下,於是竜兒做了炒飯給她吃,這就是一切厄運的開始。注意到竜兒料理本領的大河,從此便以高須家一員的身分每天過來吃飯。而且她的食欲實在太過驚人,教人不禁懷疑這麼嬌小的大胃女王到底把食物吃到哪裡去了。

然後是現在,正好遇上食欲之秋,逢坂小姐的食欲更是永無止盡。當天晚餐的滷肉也是

——「再來一碗！」「再來一碗！」「再來……呃嗝！」「……妳別再吃了。」「一碗！」……

就這樣直到電鍋裡的栗子飯見底。吃正餐之前明明吃了那麼多東西。

不過至少比沒有食欲來得健康。如果因為吃零食而吃不下正餐，當然必須唸她幾句——竜兒沒規矩地用門牙咬下飯匙上的飯粒。大河把竜兒想要再來一碗的份也吃光了。這麼說來這個星期，竜兒連「再來一碗」的機會都沒有。仔細想想，這實在大有問題。竜兒一碗飯，泰子一碗飯，兩人加起來大約一杯米的量。竜兒每次都煮三杯米，也就是說大河自己一個人就吃掉兩杯米。

「哈……好飽好飽……喝茶！」

大河悠哉地躺在矮桌旁，身穿UNIQLO買來的兩件式簡單家居服。這麼說來，竜兒發現她最近幾天經常是這種打扮。過去大河即使只是從隔壁大樓來到徒步只要數秒鐘的竜兒家，也會穿上有一大堆蕾絲、貴得要命的連身洋裝。

竜兒疊起碗盤準備洗碗，順口問了一句：

「我現在才注意到，妳最近的打扮都很樸素。」

抖了一下的大河瞬間沉默，若無其事地回答：

「……嗯？啊啊，是啊……穿過一次之後發現很舒服，所以不知不覺就這麼穿了。不過像是連身洋裝還有平常那些衣服我也照穿……畢竟過來這裡只不過是吃飯，這種時候當然想放鬆一下……這樣穿很好啊……很好吧……？」

「沒什麼不好，我無所謂。穿那樣也比較輕鬆。妳的衣服全都貴得嚇死人，拿來當家居服太浪費了。」

「唔、嗯……」

「喂，把那個盤子拿給我。妳也稍微幫個忙，擦一下飯桌。」

「……嗯……」

高須家的秋夜更深了。

＊＊＊

「妳又——在吃什麼？」

「吵死了，和你無關吧。」

隔天二年C班教室的下課時間還是老樣子，充滿嘈雜聲響。在處處響起的閒聊聲中，只有大河獨自坐在座位上大口吃著杏仁巧克力。路過的竜兒順口發問，忍不住想要唸唸她——怎麼會和我沒關係？

「剛才的下課妳不是也在吃東西？一直吃到底要不要緊啊。」

「什麼東西要不要緊?」

「肚子啊。妳以前不是曾經因為吃太多而胃痛送急診?那次在醫院的經驗超慘的，妳忘了嗎?」

「用不著你擔心。人類天生擁有學習能力。」

呵呵。冷笑一聲的大河用輕蔑的眼神抬頭望向竜兒，拿出上面大大寫著「暴飲暴食專用!」的小瓶胃腸藥。真不曉得在得意什麼，而且嘴角還沾滿了巧克力。

「真是夠了，快把嘴巴擦一擦。難看死了……」

「囉唆!滾開!」

「反正妳一定沒帶面紙吧?」

竜兒簡直就像大河的家長，無視大河的怒罵，從口袋拿出面紙遞給她。「快擦快擦，這邊。」像在照鏡子一樣，竜兒指著自己的嘴巴告訴大河巧克力沾到哪邊。「嗯?這邊?」大河準備擦另一個方向。「不對不對，這邊。」竜兒伸手指向大河嘴邊的同時——

「……啊?」

就在這個時候，竜兒從極近距離看著大河的臉，然後終於注意到。

「……呃、咦……?」

「怎麼?哪邊?這邊?這附近?擦掉了嗎?還沒?」

大河舔過嘴邊的巧克力又擦一次，不解地仰望竜兒沉重的表情。停止動作的竜兒緊鎖眉間，兩眼盯著大河的臉一動也不動。「還沒擦掉嗎？」大河繼續拿面紙擦拭嘴唇四周，但是……不，不是這個原因。唇邊的巧克力已經不重要。

「停……妳……我說妳……」

「嗯？」

「妳……好像……」

竜兒輕輕抓著大河的手腕，打算阻止她的動作。「你少跟我裝熟！」大河當然齜牙咧嘴表示反抗，但是——

「……果然……」

竜兒驚訝看著被甩開的手掌。剛才握住的大河手腕，莫名有些肉肉的感覺……以前因為某些原因握住大河時，感覺到的「無助」、「纖細」、「稍一用力就會不小心折斷」的感覺幾乎完全消失。該怎麼說，她變得非常、胖……

「大河……」

「……噁心死了。別看我。」

竜兒直直盯著大河雪白的臉，讓大河難為情地轉頭別過視線。不，她依然很可愛——大大的眼睛、堅挺的鼻梁和花瓣一般的嘴唇，今天也同樣美麗端整。大河一如往常是個美女。

奇怪的是臉頰好像變圓了。原本彷彿以堅硬玻璃切割的鮮明下巴輪廓，此刻也描繪出一道圓潤的弧線。另外還有脖子——總覺得原本適合搭配小臉，纖細優雅有如鶴與天鵝的脖子……該怎麼說……很像……鴨子？

「……妳……」

竜兒以不准對方置啄的銳利目光，凝視大河的眼睛。然後……

「怎麼樣啦，煩死了！」

還是說吧。

「……胖了……吧……」

說了。

說出口了。

視線前方的大河肩膀抖了一下。竜兒緩緩彎腰，以無人能擋的氣勢拉起大河剛換季的制服外套下襬。

「……喔……！」

「不、不是！這是有原因的！」

沒有誤會。沒有原因。裙子的鉤子沒鉤。拉鍊沒拉上。她的腰無法收進裙子裡。

「因為冬季制服是按照夏季制服的尺寸訂做的——你看，冬天制服底下還會穿衣服不是嗎？所以裙子穿起來有點緊也是很正常的。」

「……妳現在制服底下穿了什麼？穿了、什麼、啊……」

「……小、小可愛……」

變胖了。

大河變胖了。

不對，怎麼會現在才感到驚訝，會變胖也是理所當然的事。像她那樣拚命吃拚命吃拚命吃，成天無所事事也不幫忙，過著放鬆的悠閒生活，會胖也是天經地義，甚至該說一直沒發現大河變胖的自己才有問題。妙齡女子這樣好嗎？怎麼可能好？竜兒正想開口責備大河自作自受——不對，等等。竜兒把話吞下去，墜入自問自答的漩渦。

（負責大河三餐的人是誰？）

（是我。）

（管理大河生活的人是誰？）

（是我。）

……雖然這一切並非我自願，但卻是此刻的現實，殘酷的事實。大河每個月都有拿出生活費，因此我責無旁貸。也就是說大河會變胖……是我的、失誤？

竜兒感到雙腳一軟。健康管理是主婦的工作，三餐的重點就是健康。然而、然而、我卻讓她胖了。鄰家的青春期少女因為我的料理、在我的管理之下變成胖子！這真是尊嚴掃地，身為主婦達人的自信崩潰，竜兒的「自我」發出喀啦喀啦的聲音坍塌。某天在電視上看到的糟糕父母典型姿態——放任小孩，給他們吃可樂、肉、零食等等，讓他們變得胖嘟嘟。只不過是小學生，膽固醇就已經相當驚人——與自己的身影交疊。竜兒看著自己的手發抖。

「都……都怪我……讓妳隨便亂吃……！妳、才會、變胖……！」

啥！大河忍不住睜大眼睛：

「喂，討厭，不要這樣！我哪裡胖了！開什麼玩笑，我可是不會胖的體質！最近好吃的東西實在太多了！那是事實！無論多少我都吃得下！那也是事實！芋頭、南瓜、栗子等等秋天的美食很多也是事實！可是我身上都是肌肉，怎麼吃也不會影響體型……」

「明明就影響了！這是不容爭辯的事實！啊！我懂了……妳就是因為這樣才穿UNIQLO吧！因為原來的衣服穿不下了！」

「……♪」

大河默不作聲，還逕自轉過臉吹口哨。

「妳妳妳妳妳妳、妳、妳……妳、搞什麼鬼啊！價值十幾二十萬的蕾絲洋裝竟然穿不下，妳、妳、妳……啊——！太浪費～～了！」

發狂的竜兒痛苦到快要暈倒，腳尖好像陀螺一般咕嚕旋轉。「小高高怎麼了？」「因為青春期吧。」竜兒聽見一旁的好友悠哉討論，彷彿在暢談別人家的事。可惡！混蛋！都沒人了解我的痛苦！正當他自暴自棄揪著頭髮時……

「高須同學怎麼了？這麼亢奮，腦血管會爆裂喔。」

「……！」

背後有人從極近距離跟自己說話。回頭的竜兒差點沒嚇死。

「喔，YOU在吃巧克力！吃了也不會有任何好處YO！」

用力指向大河、眨眨眼睛的怪女孩正是櫛枝実乃梨——雖然奇怪，但是對竜兒來說，実乃梨有如光輝燦爛的太陽，是耀眼奪目的黃金女神，也是開朗可愛的暗戀對象，更是大河的好朋友。

「小実……」

「怎麼了？怎麼那麼沒精神啊，大河？我看看，女孩的巧克力，給我——一個！」

「唔、嗯……」

「嘿嘿，那我就拿一個囉。最近體重又增加了，現在的我可是甦醒的減肥戰士。啊～～不過這個真好吃！再給我一個！」

「請請請……」

大口一咬——実乃梨笑容滿面，繼續把大河的巧克力放入口中。

「櫛、櫛枝……」

「怎麼了，高須同學？」

「……大河的巧克力，全部給妳吧……這傢伙最近吃太多了。」

「咦？不用了，這樣就夠了。而且我剛剛也說過，現在的我可是減肥戰士。」

実乃梨笑著把巧克力的盒子還給大河。竜兒忍不住盯著她看。及肩的微翹短髮，終於擺脫日曬的桃色臉頰，內雙的眼睛閃閃發光，制服下的身體看來苗條又結實，真的真的——啊啊，怎麼會這麼可愛……不對，現在不是想這種事的時候。

「……櫛枝哪裡需要減肥？妳胖在哪裡啊？」

「沒那回事！看不見的腹部和大腿等處意外頻傳。話說回來，如果平常不小心注意保持體重，到時候真的會無法收拾。我那麼愛吃，天生就是個大胃王，所以只要一鬆懈，馬上就會變得肥吱吱。」

「……大河也愛吃，也是大胃王……吧……」

「可是大河的體質好像怎麼吃也吃不胖。骨架纖細，整個人都很瘦，散發永遠的少女氣息。我真的超級羨慕的。」

「……瘦？纖細？真的是那樣嗎？因為妳總是在她身邊，才沒有注意到變化吧。」

「高須同學在說什麼啊～你看，大河今天也是一如往常又瘦又纖細……」

轉頭的実乃梨笑著看向大河。

大河轉開視線。

「唉呀……？大河的樣子……」

実乃梨伸手抓住大河的下巴抬高，仔細凝視每個角落，轉到側面看過之後又轉向下面。

大河任由她動手，沒有一句抱怨。

最後実乃梨總算放手，只說了一句：「唉呀……」便轉向竜兒：

「高須同學，今晚是關鍵！」

「……對吧？」

「這是什麼意思！太、太過分了，連小実也和竜兒一夥！關鍵是什麼意思！」

大河踹開桌子站起來，鼓起圓臉頰貼上実乃梨的身體，鬧彆扭地咬住她的腋下附近。

「妳不知道嗎……？」

「不知道！」

被咬的実乃梨露出「真拿妳沒辦法」的表情搖搖頭，然後大叫：

「——出來吧！黑心亞美！」

應該是碰巧吧？總之時間點剛好，教室門正好在此時「喀啦！」一聲打開，「呀啊！」、「嗚呵呵——」等華麗聲音讓二年C班的空氣瞬間色彩繽紛。現身的人是川嶋亞美。她和好朋友木原麻耶、香椎奈奈子一起走進來，手上不忘忙著塗抹護手霜。

「討～厭，下一堂是數學課？好～～懶喔，人家搞不好會睡著～～」

「算了算了，亞美，明天就是星期六了，為了放假忍耐一下吧。」

「對喔♡啊～～嗯，希望明天快點來～～♡」

慵懶又甜美的聲音牢牢攫獲周圍男生的目光。那個八頭身的奇蹟身形、光澤閃耀的長直髮、彷彿散發淺紫色光芒，白到誇張的珍珠肌、寶石一般水汪汪的吉娃娃眼睛。亞美不愧是現役女高中生模特兒，光是微笑登場就足以讓充滿運動鞋臭味的教室渾濁空氣為之一新。

她的天使視線若無其事地看向大河又冷冷轉開，表示「我對妳沒興趣！」——

「……嗯？」

猛然轉回來。明明沒戴眼鏡卻故意擺出推眼鏡的動作。然後天使大步走近，稍稍展露黑心的本性，露出意味深長的一笑。大河則是露出牙齒恫嚇她：

「怎、怎麼樣啦，蠢蛋吉！別過來！我生氣囉！」

大河發出凶狠的叫聲。但是……

「我說小老虎……亞美美突然發現……妳、好像、最近……有些發福？」

「！」

呀哈哈哈哈哈哈——☆果然沒錯，變胖了——☆超好笑的食欲之秋☆嘴巴說著可以預期的難聽話，亞美扭動身體笑個不停。麻耶連忙拉扯她的手肘：

「噓！不可以這樣。亞美，直接說出來太可憐了！雖說大家都隱約注意到了！」

這下子更是火上加油。接下來是奈奈子：

「老虎不用擔心，稍微圓潤一點比較受同年齡男生的歡迎喔，真的……雖說我比較偏好大叔。」

她的臉上帶著莫名有女人味的笑容，戳了一下呆立原地的大河臉頰。

「住、住手！不准碰我！妳這好色痣女！」

大河揮開奈奈子的手，瞪向亞美——也就是実乃梨召喚出來的個性惡劣壞心魔女。

「妳這個蠢蛋吉！我哪裡胖了！妳少亂說話——？」

「唉呀呀，原來妳沒有自覺啊？既然如此，讓亞美美來告・訴・妳。妳最近有點發福喔。這是真的，因為老是在吃這種東西吧？」

亞美一手拎起大河剛才吃的杏仁巧克力盒子。大河立刻用力搶回來：

「這、這麼一點巧克力怎麼會胖！」

大河放聲怒吼，企圖擺脫眼前的窘境。聽到她的話——「唉呀……」「喔……」「唉……」亞美、麻耶、奈奈子這群二年C班公認的美少女三人組一起抱胸，彷彿特地顯露纖細的腰線般排成一列。

「老虎，妳知道嗎?我昨天的晚餐是竹筍喔，竹筍。」

「我是香菇。還有普洱茶。」

「我呢，是蓮藕。」

喔……竜兒忍不住顫慄。実乃梨也是。大河則是用看妖怪的眼神盯著三位女生。呼——

亞美故意嘆口氣後繼續說道：

「這樣做的結果，我們的體脂率始終保持在10%左右。衣服穿7號，尺寸則是S，牛仔褲腰圍是24吋……我們希望保持這樣，所以總是拚命忍耐。只有早餐和午餐吃碳水化合物。如果下課後要去咖啡廳喝茶，當天晚餐只吃車站大樓藥妝店賣的寒天湯，卡路里只有27大卡。就算沒去喝茶，晚上基本上也只攝取四百大卡的卡路里。有時間就快步走、玩韻律球、做骨盤體操，還加入比利有氧拳擊的行列，而且也會上健身房。意思就是我們超、超、超有耐性地努力著。這樣子的我們，卻和總是葷腥不忌大吃特吃的妳同樣身材，我們怎麼受得了?不努力也不忍耐的妳會有這種下場也是理所當然，變成一副肥吱吱的發福體型，超．級．活．該♡」

——這種難以啟齒的話，只有亞美可以毫不留情全部說出口。竜兒看著高聲大笑的亞美，忍不住嘆了一口氣。把惡劣女王召喚出來的実乃梨本人也害怕地停止動作。至於大河本人應該就此受到很大的打擊，豈料——

「喂，差不多要上課了，準備好了嗎？亞美也趕快回座位。高須別再拖拖拉拉……咦？逢坂，我現在才注意到妳最近感覺起來很健康。該怎麼說，就是身材變得圓潤了。」

噫噫噫噫噫噫噫噫噫噫！這一刀讓大河發出無聲的絕望哀號。毫無惡意卻少根筋的性騷擾發言，出自突然現身的班長北村祐作。現在少見的西瓜皮髮型配上嚴肅的銀框眼鏡，遮住其實相當正統的美少年長相，他同時也是大河的單戀對象兼竜兒死黨。

竜兒連忙支撐住搖搖晃晃快要昏厥的大河，化身成為義憤填膺之士：

「大、大河，振作一點……喂，北村！你未免太沒神經了吧！」

「咦？什麼？」

「還問我什麼……唔喔——唔！前面！前面！笨蛋！」

「咦？前面？笨蛋？喔喔、這個……！」

真的是讓人渾身無力。北村的褲子拉鍊敞開，隱約能夠看見襯衫下襬。呀啊——！討厭！變態！同樣注意到的其他人也紛紛破口大罵，北村在眾人的怒罵聲中，爽快地回了一句：「失禮了！」拉上拉鍊。但是……

「……大河……喂，妳沒事吧？該不會是看到北村特區的部分內容？」

「沒看到……沒看到，但是……！竜兒、小実……我……我……變胖了？變胖了……我早就發現了！不對，應該說一直都有注意！我已經不能再逃避了！」

大河垂頭喪氣地坐在椅子上。竜兒和実乃梨同時拍拍她的肩膀，下定決心直接告訴她：

「大河……事到如今已經無計可施。妳也明白吧……必須減肥。我會陪妳一起。我必須負起這個責任！」

大河猛然抬起淚水盈眶的臉，以不肯輕易罷休的氣勢大喊：

「呀啊啊！人家不要！人家不要只吃竹筍香菇蓮藕！那樣太可怕了！」

看來美少女三人組似乎為大河種下不必要的心理創傷。実乃梨溫柔地撫摸她的頭，以一副值得依賴的樣子開口：

「別擔心，大河！交給減肥戰士小実吧！我會幫妳想更健康輕鬆的減肥計畫，不需要忍受那麼極端的食物！」

2

☆小実減肥筆記☆

第一！「吃得健康！」

確實均衡吃三餐。過量當然不好，不過如果因為沒吃飽而累積壓力，那就一點意義也沒有了。細嚼慢嚥，吃完後去散步，然後用力跑上一個小時。

第二！「動得健康！」

參加社團活動，用力跑上兩個小時。離校時也要注意交通安全，迅速跑步回家。打工選擇站立的工作，打工結束也要迅速跑步回家。

第三！「時時動！」

在家裡別坐著。不休息。雙手隨時拿著寶特瓶。上完廁所之後散步，用力跑上三十分鐘。看完電視後散步，用力跑上十五分鐘。電話響了就邊講電話邊散步，用力跑到通話結束為止。

第四！「偶爾獎勵自己！」

無法忍受時，可以偶爾吃個零食。吃完零食後馬上散步，用力跑上三個小時。

「……呼……呼……呼……」

「……呼……呼……呼……」

「……呼……呼……呼……嗝！咳！唔嗯……」

「大河、妳沒事……咳！呼……呼……咳咳咳！」

「你……唔喔……唔嗯……」

「……嗯喔……！」

——站不起來了。

兩人都快吐了。

這是晚上八點的小型兒童公園長椅上。沒錯，其實是照單全收的我們兩人不對。平常只有上體育課時才運動的我們，竟然選在吃完飯之後跑步，這一切都是我們自己不好，実乃梨一點錯也沒有……竜兒緊抱長椅趴在上面，拚死吞下不斷湧上喉嚨的苦澀。大河也趴在地上，綁成馬尾的頭髮散亂不堪，就連散步中的貴賓狗靠過來聞她的屁股，她也無法抵抗。

「大、河……上來長椅……」

「……呼……呼……」

竜兒伸出顫抖的手，拉住大河運動服的袖子，姑且先把大河拉上長椅。大河無法說話，連坐都沒辦法坐好，只能倒在長椅上。然後她從口袋裡拿出手機，按下快速鍵。

『喔！大河！怎麼了？』

「……呼……呼……小、小……実……」

『妳怎麼那麼興奮？啊，等等……呃……嗯，可以了。怎麼怎麼？有什麼事嗎——？』

「……小実……那個啊……妳在學校、給我的、減肥筆記……啊……」

『啊啊、嗯嗯，怎樣？妳實行了嗎？』

「……太困難了……話說回來，小実……我覺得散步、和跑步是兩回事……一般人、很難那樣跑吧……我、我只是想、告訴妳這個……」

『不會吧？是嗎？我現在一邊講電話一邊跑步喔？喝啊——！可——惡——！在秋夜裡全速衝刺超舒服的！』

「……呼……呼……對不起，我有點不舒服……我掛電話了……」

『咦？不會是感冒吧？小心一點。睡覺時要注意保暖喔！』

掛掉電話的大河把手機收進口袋，然後說了一句：「我第一次覺得和小実不合……」

腦袋瀕臨貧血邊緣的竜兒想辦法盡量整合斷斷續續的思緒。晚餐很努力，主餐不吃肉改吃魚，配菜充足自然減少碳水化合物的攝取。這樣子應該無須忍耐，又能夠控制卡路里。竜兒打算暫時保持這樣的用餐方式。然而只是「控制」對於要擺脫大河今年秋天新增加的肥肉恐怕很困難。為了避免繼續增加，還是少不了運動。

但要像実乃梨那樣魯莽地全速奔跑，這一點實在是辦不到。竜兒這下切身感受到実乃梨不是一個普通人。一般正常人應該會直接改成快步走吧？不會依照著実乃梨提倡的「任何事情做完就散步＝全速奔跑」，而是一天刻意製造一次左右走路的機會就好了。

「瑪隆！走了！不要再聞姊姊的屁股了！」

主人強拉拚命聞著大河屁股的貴賓狗。牠張開四肢站住，頑強抵抗主人的拉扯，仰望大河的眼睛水汪汪，還發出可憐兮兮的嗚咽聲。大河瞇起眼睛說道：

「……這隻臭狗怎麼了，愛上我了嗎？真是可愛的傢伙……」

嗚……聽到貴賓狗的回應，大河脫去雙腳的運動鞋，用穿著襪子的腳夾住貴賓狗的鼻子。「唉呀唉呀唉呀！」狗主人大嬸嚇得更用力拉扯繩子，貴賓狗卻興奮地發起神經，還把臉「啊——嘻呀嘻呀嘻呀——嘻呀——嘻咿咿——呀哈！」貼在大河腳上，欣喜若狂到幾乎翻白眼，同時露出肚子，甚至高興到漏尿。這世界上真的有各式各樣的寵物。

「……我說妳的腳該不會散發出什麼氣味吧……？」

「才不是什麼氣味，這是費洛蒙。要試試看夾你的臉嗎？」

「多謝了。妳敢做我就殺了妳。」

討厭，好丟臉，對不起。狗主人大嬸抱起發狂的貴賓狗落荒而逃。看著她的樣子，竜兒心想：狗嗎……原來如此，這真是最適合說服自己出門散步的好藉口。

「……養狗真好。這樣一來就算不喜歡也要每天出門溜狗，走路成為每天必做的功課，正好能夠減肥。」

「你沒看見那位歐巴桑的體型嗎？」

一聽大河的說法，竜兒不禁沉默。自己顧著注意捲毛貴賓狗，忽略了狗主人——竜兒重新看向狗主人大嬸。很抱歉，她是大河完全比不上的標準肥胖體型……

「你的眼睛瞎了嗎？唉——唉，我不想玩了。要我跑步辦不到。看到那個大嬸也知道無意義地在街上到處亂走，對減肥不會有任何幫助。而且我一定會跑進便利商店吃關東煮或吃冰……再這樣下去，難道真的只能照那三個笨蛋所說，每天吃竹筍、香菇或是蓮藕，煩躁度日了嗎……哇啊！我不要……」

「也沒那麼誇張……」

平常的大河老是心情不悅，竜兒每天總得面對大河層出不窮的暴力行為，如果讓大河不斷累積壓力、變得更加煩躁，那麼光是想像就很恐怖。目前是還能一笑置之的階段，粗暴的女孩與沉默接受的男孩之間勉強能達成平衡，但是如果搞到要送醫院，那可不是開玩笑。到時候肯定會驚動警察。

「……我反對以嚴厲的手段限制飲食。我們還有其他方法。」

「咦？什麼方法？啊，我知道了！抽脂！」

「為什麼會突然出現這麼莫名其妙的提議？妳是美國來的貴婦嗎？」

竜兒拿出自己的手機，從通訊錄中選了一個名字。不曉得那傢伙星期五晚上會不會接電話——電話響了兩三聲之後。

『……喂？怎麼那麼突然？嚇我一跳。怎麼了？』

接了，日本貴婦代表‧川嶋亞美。

「喔，不好意思突然打給妳。那個……有點事情想要拜託妳。」

＊＊＊

「──總覺得妳對衣服的喜好好像變了？」

「沒想到蠢蛋吉居然會發現。我的喜好的確變了。」

集合時間是星期六早上十點，地點是電車距離三站的剪票口。天氣晴朗。

來到比竜兒和大河所住城鎮更熱鬧的車站前面，三個人以微妙的表情碰面。

竜兒是長袖T恤、牛仔褲、羽絨外套配上VANS的運動鞋，手上拿著國三去京都畢業旅行時買的知名帆布包店大型托特包。恐怖的只有長相，其他部分倒是和普通高中男生沒什麼兩樣。另一方面，亞美女王不愧是藝人，看起來似乎可以一手掌握的小臉戴著香奈兒的太陽眼鏡。長髮紮成蓬鬆的丸子頭。教人妒忌的長腿穿著腰部綁繩的口袋工作褲。上半身則是鐵定很貴的單薄背心，以及柔軟的開襟針織外套──打扮簡單卻散發模特兒光芒。腳下踏著PUMA運動鞋，肩上的托特包有個超大的香奈兒標誌。

問題在於大河。看著她的亞美皺起眉頭：

「說是喜好變了……我就老實說了，實在有夠俗的！妳可以離我遠一點嗎？」

「俗也無所謂，反正我只要見竜兒和蠢蛋吉。再說去健身房還打扮的人比較奇怪吧？」

大河的回答顯得滿不在乎。

她原本最愛荷葉邊與蕾絲。多層次外搭裙的前面釦子打開，裡頭穿上襯裙或內搭裙增加蓬鬆分量——這原是大河的固定打扮，她最喜歡輕飄蓬鬆的材質，而開襟羊毛衣或毛衣上，也總有針織飾花或是什麼毛茸茸的裝飾品，充分展現少女風格與花朵樣式。最愛荷葉邊、蕾絲和棉織品的她一定少不了多層次穿法。渾身上下花費相當驚人的打扮，全都出自某知名服飾品牌。那應該是她的最愛，也是唯一的選擇。

但是大河今天的穿著……首先是T恤。看起來是普通的白色T恤，其實是國中時代的體育服。另外還有鬆垮垮的家居長褲。那是在UNIQLO買的灰白直條紋長褲，九百八十圓。只有鞋子勉強過關——少女品牌的可愛時髦運動鞋。但是T恤外面披著過大的防風外套……那是竜兒的衣服。

大河重新露出笑容：

「唉，和蠢蛋吉沒什麼好比的。老實說，我的衣服並非只有荷葉邊和蕾絲，然而穿在這個稍微增量的身上實在太難看了。我指的是體積太大了，這可不是開玩笑。並不是尺寸不合穿不下，只是因為我不想穿成那樣……只限今天，要笑就笑吧。既然妳願意帶我去健身房，也算是對我有恩。我這輩子第一次上健身房，如果不是和熟人在一起，真的很難踏進去。說真的，笑一笑比較輕鬆。來吧，蠢蛋吉，笑吧。我叫妳笑。」

透過淡褐色的太陽眼鏡，亞美以奇妙的神情一把抓住大河（正確來說是竜兒）的防風外套，確認底下那件舊T恤的鬆垮程度之後站開一段距離並且搖頭：

「哇啊……對不起，亞美美笑不出來。這真的太慘了……」

大河悄悄仰望竜兒：

「……要她笑反而道歉。竜兒……」

「這也沒辦法。唉，現在的狀況就是這樣。只要瘦下來，一切就會恢復原狀。」

竜兒和大河以悠哉的模樣相視點頭。亞美卻以嚴肅的表情拿下太陽眼鏡：

「你們還在悠悠哉哉個什麼勁啊……！老實說，聽到你們叫我帶你們一起去健身房時，我真的打從心底覺得厭煩，不過亞美美現在覺悟了，我的義工精神覺醒了。老虎，妳這樣真的超級不妙喔。先不管衣服怎麼樣，快走吧，早一步也好，必須快點去健身房活動身體，情況真是糟到極點。用跑的，就在那邊！」

語畢的亞美好像実乃梨上身，突然小跑步通過車站前的十字路口。竜兒和大河只好慌慌張張跟上。

——唉，雖說是自己拜託她帶我們來的。

「……真沒想到氣氛這麼普通。」

竜兒換上以體驗價一千五百圓租來的T恤和短運動褲。在等兩位女生換衣服時，他來回環顧排列健身器材的空間——現場零零落落使用健身器材的人看似住在附近的歐巴桑，以及幾名曬得黝黑的大叔，還有一名好像ＯＬ的樸素女性。

其實拜託亞美帶他們上健身房體驗一下時，竜兒原本還有些許不安與期待，擔心亞美平常去的，該不會是她父母家附近麻布、白金、表參道等地的超有名健身中心吧？答案揭曉，亞美加入會員的健身中心，就位在目前因為許多原因暫住的親戚家附近。這裡對竜兒來說，也不算遠。

不太了解情況的竜兒坐在更衣室附近的長椅上。根據館內導覽圖，這層樓是健身器材區，還有幾處以玻璃隔間的練習室。練習室的課程形形色色。他打算晚點都過去嘗試一下。地下室還有游泳池與三溫暖。只要大河沒意見，竜兒也想試試。

付了一千五百圓當然要撈回本！竜兒顯得幹勁十足。當然也得解決大河的秋季肥胖，不過眼前還是先顧一千五百圓。付了錢就要貪心到底，徹底體驗健身房！三角眼深處發出悽慘的光芒。就在此時——

「高須同學，久等了！」

「久等了。」

亞美和大河總算從女子更衣室出來。大河身穿與竜兒不同顏色的租借服裝，亞美——

「……什麼嘛……妳穿那樣啊……！」

「是啊，這傢伙穿這樣。我看到時也很失望。」

竜兒和大河忍不住抱怨亞美的打扮。「怎、怎麼樣啊！」亞美偏著頭不知道原因。她身穿漂亮展露身體曲線的薄T恤和瑜伽褲，不愧是身形超完美的模特兒，簡直有如二次元角色。可是眾人期待的不是這個。

「我原本以為川嶋一定會穿『這樣』。對吧，大河？」

「對對，我還說蠢蛋吉一定會穿。」

兩人以雙手描繪出所謂的「這樣」是指開高叉緊身衣。然後腰部有著用途不明，輕飄飄的絲巾。

「啥？你們在說什麼？我怎麼可能穿那種東西！你們對我到底有什麼莫名的期待？」

「唉呀，妳是會在學校泳池穿比基尼的蠢蛋吉，在健身房應該也會毫不在乎地穿出開高叉緊身衣……啊！」

「喔！」

此時在臉上以調色盤氣勢塗抹繽紛色彩的電棒燙大嬸，身穿貓眼緊身衣走過三人面前，後面還帶有一道濃濃香水氣味。大河害怕地躲到牆邊，竜兒忍不住摀住鼻子。

「剛、剛剛有個彷彿惡夢的東西通過……？」

「啊啊，是啊。因為這裡是市區，也是附近歐巴桑經常逗留的地方。」

雖然同樣掩著鼻子，不過亞美似乎已經見怪不怪。同時一名年輕的女教練也注意到亞美，靠過來問道：

「川嶋小姐，妳好——！今天和朋友一起來嗎？」

「啊，妳好！辛苦了！這兩位最近缺乏運動，所以我邀他們來體驗一下♡」

「這樣啊！噫！」

健康的業務笑容因為恐懼而瞬間僵掉，這當然要歸功於竜兒的長相。即使早已習慣這種情況，可是……竜兒強忍悲傷，繼續保持具有紳士風度的高中生模樣。

「……我姓高須。這是我第一次上健身房，請多多指導。」

他誠懇地低下頭。要讓別人明白自己的風格，擺出一本正經是最快的方式。教練大姊似乎也吃這一套，臉上的業務笑容再度復活，並且說聲：「你、你好！歡迎多嘗試！」接著看向大河：

「這位也是川嶋小姐的朋友吧！哇、好漂亮！啊，該不會也是模特兒吧？」

大河還來不及回答。

「討厭──！那個小矮子怎麼可能是模特兒──！她是我的同班同學！只是普通人、普通人！而且因為秋天胖了不少！」

亞美拍拍大河的背，竜兒則是屏住呼吸。如此得意忘形的亞美在下一瞬間，恐怕就會變成屍體。不過這顯然是竜兒多慮──

「……我是秋季肥胖的逢坂。」

說出自暴自棄的話，大河以眼睛致意，看來她是真心打算在這裡擺脫肥肉外衣才回家。

教練聞言露出微笑：

「那麼我們先到那邊測量體脂肪和體重，接著擬定訓練計畫吧？」

「不，我們更希望能夠先去各個教室體驗。」

──給我一千五百圓分量的課程！竜兒的小氣天性讓他說出這句話。他對健身器材沒興趣，既然機會難得，他想試試一個人無法進行的課程。教練大姊微笑點頭：

「既然這樣，正好接下來B練習室即將開始瑜伽初學者的基礎課程。就把它當成暖身運動如何？」

三個人的眼睛閃閃發光。第一關就決定挑戰瑜伽。

「來，瑜伽墊。找個地方鋪好。」

亞美遞過捲成筒狀的瑜伽墊，竜兒和大河有些不解地呆立原地。雖然講師還沒出現，不過練習室裡已經有十多名年輕女性各自找好位子，不是在喝水就是在做伸展運動。她們的樣子看來相當熟練，雖說是初學者基礎課程，事實上第一次體驗的人似乎只有竜兒與大河。

「……我不想丟臉，還是去旁邊好了。」

「喔，我也是。川嶋應該很習慣了吧？那邊最前排的正中央有空位，快去吧！」

「咦——就算是我也不太敢過去。啊、還是過去那邊吧。」

三人挑了牆邊的角落鋪好瑜伽墊坐下。其他人看來都是一個人，只有竜兒他們在聊天。

「不、不覺得很正式嗎？幸好只是體驗，男生只有我一個。」

竜兒壓低的聲音在背景音樂當中顯得莫名清晰。盤坐在他前面的亞美轉過頭說道：

「別擔心。按照自己的步調，做自己做得到的姿勢就可以了。」

亞美脫去貼身T恤。雖然要她穿開高叉緊身衣太強人所難，但如果是瑜伽褲搭配露出肚臍的運動內衣似乎沒問題。「喔！」「暴露狂出現了！」聽到竜兒和大河的話，亞美仍不為所動，只說了一句：「瑜伽運動當然是穿這樣最適合。」

聽她這麼一說，竜兒等人才注意到其他人的打扮也相當暴露。不少人的低腰瑜伽褲緊緊陷入股溝，露出肚臍和肚子。有些人上半身是背心，即使是T恤也是超薄材質，清楚刻畫身體曲線。注意到這件事，竜兒反而因為不曉得該把視線往哪裡擺而頭痛。眼前的亞美完全展露平坦的腹部與背脊線條，修長伸展的手臂和腋下耀眼至極，不過因為過度「美麗」反而少了情色的感覺，這一點倒是值得慶幸。

「竜兒。」

竜兒聽見大河的聲音，抖了一下之後轉過頭。難道她發現我在這個健康的瑜伽練習室裡心生雜念了嗎？

「幫我綁頭髮。我自己沒辦法綁。把頭髮綁成丸子才不會被屁股壓到。」

「啊……好……」

大河遞出原本夾在T恤下襬帶來的幾根髮夾。竜兒捲起綁成馬尾的柔軟頭髮，以俐落的手段固定。「你太寵她了～」雖然亞美這麼說道，但是對竜兒來說，大河這身俗氣的租借服裝是此刻視線唯一能夠逃避的地方。亞美就不用說，竜兒還被多位陌生大姊姊莫名真實的肌膚包圍。加上四周都是鏡子，各個角度都能看得一清二楚。這該算是天堂還是試煉——

「哇，好厲害！也幫我綁！」

「……喔！」

——是試煉！竜兒差點叫出來。身穿瑜伽褲和瑜伽服、腹肌結實的黝黑歐巴桑，與一陣

強烈香水味一同探頭到竜兒面前。化妝濃到讓眼睛看起來好像法老，再加上褐色腮紅，真是太恐怖了。莫名滑順的黑色長髮也很嚇人。那位歐巴桑對竜兒說：「吶，幫我綁嘛！」這不是試煉是什麼？

「喂——別捉弄小男生——！你也覺得很討厭吧——小弟弟？」

「偶爾一次有什麼關係！很少有機會遇到年輕男孩啊！」

「啊、這邊有空位！這邊！早野太太快點！這邊這邊！」

「來了來了！把這裡空下來，我還有朋友要來！對了，聽說上次的醜八怪講師好像辭職了喔！」

「果然辭了！那傢伙那麼差勁，也是理所當然的！」

試煉、試煉、這是試煉。仔細一看，竜兒已經被歐巴桑軍團包圍。

「小弟弟——要不要吃這個？」

「……！」

對方遞出蝦餅。偏暗的燈光加上背景音樂，這裡是瑜伽練習室。偏偏竜兒的可怕長相在這裡派不上用場，因為對方的臉遠比他可怕。竜兒勉強拒絕蝦餅，把視線看往亞美和大河。

「喔，蠢蛋吉，腋毛腋毛。」

「少胡說，我已經永久除毛了。」

她們兩人不曉得早在何時脫隊，無聲移動到原本相當排斥的正中央最前面，裝作完全不認識竜兒，把他當成活祭品。

「那、那兩個傢伙……就會挑這種時候結盟……！」

歐巴桑人牆彷彿銅牆鐵壁，阻隔了竜兒與大姊姊區域。竜兒用力搖搖頭——這樣倒好，才能夠專心。

竜兒有樣學樣地盤坐在瑜伽墊上調整呼吸，閉上眼睛，彷彿想要從不願見到的東西旁邊逃開。集中精神。對了，與其在這種地方因為莫名的情緒而感到興奮、心生雜念，不如在歐巴桑的氣息下讓心情消沉比較好。

「啊哈哈哈哈！我又胖了！」「嘎哈哈～我家老公啊～～！」「因為他們家窮啊！」「啊哈哈！要不要吃蝦餅？」「這裡這裡，來吧來吧！吉田太太！這邊！」

我不想聽——不對，我已經什麼也聽不進去，我的心如明鏡止水。正當心情即將遠離歐巴桑世界之際，身形修長的講師大姊姊現身——她身上穿著灰色的瑜伽服和瑜伽褲。不過竜兒的呼吸已經調整穩定。

「抱歉來晚了～那麼開始上課吧。慢慢呼吸……吸氣……吐氣……吸……吐……注意力擺在肚臍下方……吸……吐……放輕鬆……放輕鬆……」

「這傢伙是新講師？」「怎麼來了個紙片人啊？」……放鬆……

「慢慢地……把手臂伸向天花板……就是那樣……呼吸……擴胸……放輕鬆……」

端坐舉起手臂，挺起胸膛，讓空氣充滿肺部，氧氣一下子直達肚臍。「這裡好熱喔！」「冷氣一點也不冷耶！」……吸……呼……

「接著跪立……手向前。頭貼近地上……慢慢地，好像在頭頂大大地畫圓……伸展。保持這個姿勢……」

用力彎曲身體的姿勢，很像名古屋城頂的鯱瓦，但是並不難受。在講師大姊語氣平穩的口令之下，竜兒也保持平穩的姿勢……「妳根本做不到嘛！嘎哈哈哈！」「咦～～不是這樣嗎～～？討厭！我腰痛了！」「我要去休息了～～！」……繼續保持。

「緩緩起身……右手抓著右腳踝，左手伸向空中……腳一前一後大開，慢慢地……停住別動……」

停住……「中午要吃什麼？」「那邊的法國料理很難吃吧！」「價錢貴得要命，分量卻只有一點點！」……換邊，停住不動。伸展扭轉的背部，伸展腰部，竜兒安祥地瞇起眼睛。注意力擺在肚臍……啊，大河跌倒了……不用管她……

「別太勉強……起身。立正站好……雙手上舉。呼吸。平靜……深呼吸。閉上眼睛……注意力量和呼吸一起在體內循環……右手往前伸直。左腳向後抬起……膝蓋可以彎曲，用左手抓住腳踝，盡量輕鬆……右腳穩住……停。」

……辦到了。

竜兒以單腳穩穩站立，肚臍附近飄起聖潔的蓮花。他有一種開放的感覺。大嬸們的聲音？已經聽不見了……大河再度跌跤？不關我的事……

停住……

「都怪歐巴桑們太吵了，我完全沒辦法集中精神！」

「妳每換一個動作就慌亂摔倒，害我也不能集中精神。喂，高須同學……高須同學？」

「……竜兒有沒有聽到？啊啊，你拉鍊沒拉喔。喂！」

被輕戳了幾下，竜兒終於睜開眼睛回過神來。這才發現瑜伽課已經結束，自己站在練習室裡。身體感到有些舒暢的疲憊和稍微流點汗……甚至覺得全身變輕，更重要的是腦袋清晰許多，因此忍不住直視雙手：

「我好像……還滿喜歡瑜伽的……！」

意料中的事。亞美點頭之後說道：

「在歐巴桑軍團的吵鬧聲中，只有你一人超然獨立，反而有一股異樣的魄力。雖然是透過鏡子看到的樣子。」

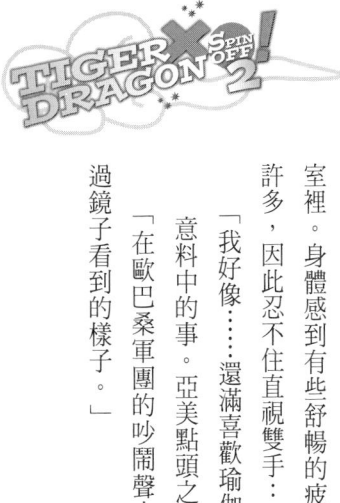

「果然是因為在日常生活中，就已經接受各式各樣的訓練……」

「啊……」

「……你們兩個幹嘛同時看著我？先別說那個！」

大河緊皺眉頭：

「這種靜態運動瘦不下來啦，蠢蛋吉！我想要更累的運動！」

「是～～是～～當然有。這只是暖身運動而已。這個嘛，三個人打壁球似乎有點不妥……跑步機如何？還可以看ＤＶＤ喔。」

「咦——跑步機是在屋子裡跑步吧？我不要。我想在練習室裡動動跳跳流汗變瘦！」

「妳這傢伙真任性……啊、有了，有一個應該很適合妳……」

亞美帶著大河和竜兒走在成排玻璃隔間練習室的走廊上。這裡有成年男女一起跳芭蕾的練習室，也有老人使用韻律球運動的練習室，還有擺明是高手的一群人激烈跳著嘻哈舞蹈的練習室。好多種類啊——興致勃勃的竜兒透過玻璃四處觀察。隱約還能聽見「鏘鏘！」的尖銳聲音。

「……動動跳跳流汗，對吧？就是這個了，如妳所願。」

亞美停下腳步，在某間練習室前伸手一指。竜兒和大河定在原地不動，睜大眼睛。

掛著「有氧舞蹈・ＨＡＲＤ」牌子的練習室裡，蝴蝶——不，是毒蛾翩翩亂舞。剛剛的貓眼緊身衣歐巴桑也在，裡頭還有人穿著風格類似、超級粉紅的豹紋緊身衣。曬得黝黑的大叔身穿V領緊身衣（！）露出半邊乳頭，紫色的小腿襪上混有刺眼的金銀繡線。還以為總算有人穿著樸素的運動服，結果對方是渾身膽固醇的高階相撲力士體型、性別不明、年齡不詳，唯有體態莫名輕盈，能夠輕鬆原地迴旋三圈。

飛濺的汗水、起霧的玻璃、流洩而出的歐風舞曲、亢奮不已的講師。「嘿轉！嗯234、嘿轉！嗯234，下個動作囉～照我教的、華麗地～預備！嗯、嘿！」「嗯！嘿！」「咻——！啊、將！將！嗯喔！啊喔！」「哇～～～喔！」

嗯巴巴巴巴！搖晃身體，全體一起跳躍。蹲下之後「……喝！」抬頭。嗯啪！嗯啪！拍手，這次是左右踏併步！踏併步！

「……這太可怕了……」

大河忍不住低語。「對吧！」亞美看向大河。「要我們跳這個太強人所難了。還是乖乖去用健身器材吧。」竜兒也沒有反對。就在三人正準備離開現場，假裝什麼也沒看見之際。

「嗯哇～～～～喔！喂！嘿，COME ON！」

三人一驚，忍不住轉頭。因熱氣而霧茫茫的玻璃後側，毒蛾首領——全身金色緊身衣、只有胸口挖空，有著驚人品味的滿頭大汗女（……應該是？）講師咕嚕咕嚕旋轉，同時鎖定參觀的三人。他們三人因為過度驚嚇而雙腳僵硬，來不及逃跑。

「嘿！嗯、COME ON！嘿！啊、COME ON！」

嗯、恰、嗯、恰——打著拍子，踏著稍微和緩的步伐，連學生們也在玻璃後側不斷喊著：「嗯、COME ON！嗯、COME ON！」同樣表情、同樣視線、踏著同樣步伐。不行，這我沒辦法，我是說真的。三人一步一步後退，但是——

「凡——事都要體驗！啊——喔！」

禁忌之門打開，黃金毒蛾現身走廊。「噫——！」「呀啊啊啊！」「不要——！」驚叫亂竄的三人一下子就被纏住，接著被拖進混雜香水、汗水和運動鞋氣味，臭氣沖天的地獄空間裡。耳朵因為高亢的歐風舞曲和講師透過麥克風放大的鬼叫聲而疼痛。三人被扔在舞動人群的正中央。「我不要我不要！辦不到啊啊啊！」「放過我吧！」「不行不行不行不行不行！」然而沒有人聽到他們的聲音。新舞步接著開始。

「嘿耶耶耶耶～～～咿……嗯！COME ON！」

啪！全體一齊大字型跳躍！遭到棄置的三人在吵鬧聲中茫然自失。可是他們不能一直待在原地不動，因為人群正一左一右激動跳著華麗舞步。「啊，好痛！」「抱、抱歉……喔！」「等、別！停下來……啊！」撞到手臂、撞到肚子、屁股著地跌倒、差點被踩死。無法停止，沒有人能夠阻止。如果不想死，就只有跟著一起動。

「踏步！踏步！右邊！左邊！踏步！踏步！慢～轉！嗯～～哇喔！喝！」

晶瑩的汗水揮灑空中。腦袋一片空白。

旋轉瞬間，亞美鬆開的頭髮在空中飛舞。「嗯，真性感！」聽到講師這麼說，「哇——喔！」亞美再度旋轉。講師對著「嘿！」一聲抬起臉的竜兒說道：「微笑！」竜兒齜牙咧嘴地「耶～～！」——反正這裡有一大群長相比我可怕的人，怕什麼！大河也在搖晃屁股跳舞！「呀吼——！」一聲挺胸，擺出果斷的姿勢！彈指一聲後大字型跳躍！「嗯～～～」弓起身體以腳尖前進。「體驗一下吧！」——齊聲大叫，啪噠倒地，課程結束！

哇……陣陣熱氣之中冒出掌聲、歡呼聲……

——呼、呼。在痛苦喘息之中，竜兒感覺悵然若失，把兩個女生的事給忘了，一個人在練習室裡哭了。

3

一點事情也沒有。

只不過是被狗咬了。

……以這個理由為整件事畫上休止符，剩下的一個小時，他們選擇嘗試靜態的健身器材。接下來差不多該吃午餐，而且近乎心碎的他們也受夠運動，於是決定到此為止。竜兒、大河和亞美分別前往更衣室。

簡單淋浴，弄乾頭髮換好衣服之後，竜兒走出更衣室，還沒看到兩名女生。女孩子要更衣打扮畢竟比較花時間，所以竜兒坐在長椅上靜靜等待。在來來往往的歐巴桑之中，又見到那名貓眼緊身衣大嬸。「嘿！」對方向自己揮手。「嗨！」自己也揮手回應。竜兒真討厭這樣的自己。

忘了有氧舞蹈吧。瑜伽，自己適合瑜伽。竜兒反覆練習平靜呼吸，同時按著手機一一確認簡訊。話說回來，她們也太慢了吧——無聊的臉上露出凶狠表情，看向女子更衣室。就在這個時候。

呀啊——啊——啊——啊——啊——……

聽見餘音迴響的慘叫聲，所有人立刻轉頭看看發生什麼事。貓眼緊身衣大嬸也回頭了。

工作人員衝進更衣室。然後——

「喔……！」

竜兒屏息。

「好、好重……！」在工作人員陪同下，亞美背著大河現身。大河臉色蒼白、氣若游絲。竜兒連忙上前問道：

「怎麼回事？貧血嗎？」

亞美代替無法說話的大河回答：

「……置物櫃那邊有個體脂肪計。我想說她已經經過充分運動，所以叫她測量一下。結果老虎是……『輕度肥胖』……」

「肥……肥胖……！」

「她之前老是逞強：『就算我變胖，也是因為原本太瘦，現在只是變成正常體重。』結果剛才面對客觀意見說她有點胖，似乎因此受到打擊，所以才會倒地不起。」

大河讓天敵亞美背著，連頭都抬不起來。總之竜兒接手揹起大河——為什麼這個嬌小的身體現在如此沉重？原來這就是輕度肥胖的重量嗎？

「大、大河，打起精神來……好不好？我們再來就好了。對了，乾脆加入會員吧。雖說我在金錢方面沒辦法配合。」

「是啊是啊。我每個星期都會過來一次，一起認真使用健身器材吧。」

「……已經夠了……算了……」

「別說那種話，再加油一下嘛！好嗎？別吃零食，三餐注意一點。」

「……跟你說算了……我這麼努力還是不行……受夠了……」

「這麼努力？妳才第一次來。」

「……我不玩了……夠了……請你們忘了我吧……謝謝你們這些日子的照顧……」

亞美和竜兒忍不住面面相覷。沮喪到這種地步的大河並不常見。

亞美以門牙輕咬太陽眼鏡鏡架沉思，接著——「嗯，有了！」揚起眉毛：

「妳竟然那麼低潮……唉，為了感謝妳讓我見到罕見的模樣，亞美美只好犧牲一下。」

「不用脫了……妳這個暴露狂……」

「我會讓妳後悔自己的伶牙俐齒，絕對要讓妳說出：『多謝亞美女王！託亞美女王的福，我瘦下來了！』」

——亞美究竟想到什麼妙計？她自始至終只是露出充滿自信的笑容。

＊＊＊

新的一週開始，今天是星期一。

「早——安！咦，大河怎麼沒什麼精神？果然是感冒了？啊，還是減肥太辛苦了？」

「……噓，現在不能說那句話。」

「唔……是、是喔？」

他們在一如往常的櫸木林蔭道十字路口集合，実乃梨看著大河陰沉的表情而擔心皺眉。大河沉默低頭，一個人茫然前行。

大河從健身房回來之後便一直無精打采，無法復原。如果她因為這個打擊而喪失食欲那倒還好，偏偏她反而因為壓力過大暴飲暴食。大河的發福一發不可收拾，如此一來又會累積過多壓力……惡性循環的輪盤已經啟動。

「大河～妳還好吧～～喂……」

「……」

大河沒有回答実乃梨的呼喚。咻——只有腳邊的枯葉隨著冷風捲起。這下該怎麼辦？竜兒嘆了口氣。就在此時……

一群不知為何頭戴紙袋、身穿立領學生服，總共有十多人的團體有如幻影一般從前方朝這邊跑來。這一定是惡夢吧？竜兒啞然失聲，只能不斷眨眼。「這是山……山神生氣了！」実乃梨突然變成顫慄發抖的老太婆。

大河注意到這個異常狀況而驚訝抬頭。還搞不清楚紙袋集團要做什麼——

「噫？嗚耶耶耶！」

紙袋人沉默地從左右抓住大河雙臂，兩人一組搭肩牢牢固定。即便是掌中老虎也因為事發過於突然，加上想甩也甩不開，只能驚訝大叫。

「唔喔喔喔喔喔喔喔喔喔喔喔喔————！」

「要跑囉老虎————！」

「脫離輕度肥胖喔！老虎！脫離輕度肥胖！」

紙袋集團齊聲大喊，直接以左右搭肩鎖住大河的姿勢，充滿氣勢地帶著大河全速奔跑。而且不曉得在什麼時候，大河身上已經細心套上綁了輪胎的繩子。「呀啊啊啊啊啊啊！你們搞什麼啊啊啊！」——大河雖然大叫，但也無法不跟著跑。腳一停下來必然會被拖著走。

竜兒茫然目送他們，突然注意到某個紙袋人的聲音，似乎是自己的好朋友能登。其他人的聲音也似曾相識，好像都是班上同學。

「哇啊……那是魔祟神嗎……」

「話說回來……大河被帶走了囉？」

正當竜兒和実乃梨傻傻地面面相覷之際，「早・安♡」——有個甜美的聲音從背後傳來，在竜兒的耳邊輕聲打招呼。那是亞美的聲音。

「喔！亞美早！剛剛的情況妳看見了嗎？大河被魔祟神強行帶走了！」

「嗯嗯！我看見了。好～～可怕喔……才怪。」

唔呵呵。亞美露出笑臉裝可愛，接著對実乃梨和竜兒說道：

「那些是我們班的男生。我昨天找了幾個男生稍微商量一下，告訴他們：『事實上老虎正為了發福而煩惱，高須同學也在苦惱如何讓她瘦下來。我跟他們說，希望可以幫忙他們。如果在一個星期之內沒有讓老虎瘦下來，那就是我的責任。而沒辦到的懲罰，就是要和高須同學交往～～這下子該怎麼辦才好呢～～』然後這件事就這麼傳了出去……高須同學？你有在聽嗎？」

「……啥！事情太過突然，我的身體脈輪差點打開了！妳、妳居然說了這種莫名其妙的瞞天大謊……！」

「高須同學振作一點！」

在実乃梨的加油之下，竜兒才得以勉強沒有當場昏倒，繼續聽完亞美的說明。

「這樣一來，大家都幹勁十足地說：『為了亞美，我們要讓老虎在一週內瘦下來！』男生真的好體貼。說了一大堆，最後還是擔心老虎！」

「亞——美美，妳真的好厲害喔～～！」

実乃梨的掌聲聽起來距離耳朵好遠。亞美始終保持天使笑容，並且說道：「実乃梨，就是這樣，所以今天我們一起上學！高須同學要一起來也可以喔～～」

亞美真的很厲害……不對，正確說法是二年C班的男生們很厲害。竜兒才剛到學校，「為什麼只有你和亞美有進展！」就遭到來自四面八方的惡意視線猛刺。以老樣子對待竜兒的人只有北村，連能登和春田都不跟他說話。

每到下課時間，他們就會頭戴紙袋、移換站立位置，費心不讓大河知道誰是誰、誰做了什麼，同時——「給～～我～～住～～手～～……」躂躂躂躂躂拖著大河跑開。

走廊上。運動場上。樓梯。完全不給大河吃點心的機會，午休也特地過來確認便當內容，然後再度套上紙袋拉著大河跑開。

剛開始大河被拖行好幾次，腳幾乎浮在空中，或是跌倒或是被輪胎的重量拉回去，總之就是很慘。不過到了第二天、第三天，等到了第四天，大河已經能夠輕鬆跟著紙袋軍團一起在走廊上猛奔，就算輪胎上坐了一個紙袋人，也能輕鬆拖著跑。看起來彷彿拉馬車的馬……不，是華麗奔向炙熱戰場的鋼鐵戰馬。

「唉呀——看起來訓練有成呢。」

「喔，看她的眼神。那是為了奔馳而生的野獸眼神喔。」

竜兒悠哉地與実乃梨並肩站立，望著化身為風的大河。「加油！」竜兒大喊。「吵死了！」遠處傳來回應。

大河的身體逐漸變得結實。首先是身體的鬆弛完全消失、臉部也出現帶著野性味道的俐落線條。下巴變尖，臉頰也變得犀利。輪廓無可比擬地凶猛，眼神更添光彩。被制服所包裹的身體描繪簡單線條，絲毫沒有累贅。最明顯的改變就是動作變得快速、輕巧，毫無遲礙。

只要每天上下學、下課時間、午休時間拖著輪胎猛衝，任誰都會有此鍛鍊成果而變瘦吧。而且方法超級健康。三餐有竜兒細心準備的低卡高蛋白質食物。大河也不再吃零食，因為教室裡、街上、超市中隨時有紙袋軍團守著。雖說在家裡吃什麼東西很自由，但是累到極點的大河渴望睡眠的程度超越零食，因此經常在健康的用餐之後便倒地熟睡。

大河身上的肌肉受到比原本還要多的鍛鍊，此刻即將覺醒——

＊＊＊

過了一個星期。

大河徹底變瘦，回到秋天之前的完美體態。輪廓也更加清晰，確實恢復原本的可愛。

現在是距離上學時間有點早的早晨七點半。大河手持木刀靜靜坐在二年C班教室中央冥想，腦袋完全冷靜，思緒清晰。首先要痛毆第一個進教室的人。接著痛毆第二個。女孩子跳過，痛毆第三個……重點就是要痛毆北村之外的所有男生，順便連竜兒一起揍。最後還要找亞美算帳，邊對她說感謝亞美女王之類的話，同時順手扁她一頓，然後就此結束漫長而痛苦的減肥週……我要親手加以結束！

唔呵呵，人家很親切吧？啊、你該不會迷上我了？別開玩笑。我話先說在前頭，這只是心血來潮，心、血、來、潮。

——問亞美為什麼要幫大河，結果得到這個答案。這種說法太有亞美的風格，回想的竜兒忍不住笑了出來。做作、壞心又彆扭，結果……還是別說了，那個亞美實在不適合「本性親切」這句話。大概真的如她所說，只是心血來潮。就當作是這樣吧。

「……好，完成。」

大河說有事先走，所以已經去學校。準備好大河和自己的便當，同時今天特地多準備一個——為了那個經常不吃午餐，頂多吃點沙拉、三明治的壞心眼而準備。便當裡面是玄米飯、水煮羊栖菜、豆子沙拉、滷香菇、炸旗魚。飯後水果是終於買下的巨峰葡萄。這是細心控管卡路里的秋季便當。

亞美會用什麼表情收下呢？是做作女假面的燦爛笑容？還是在瞬間露出有些難為情的笑容？不論哪個都好，每個都是亞美。在一起相處後，才會知道川嶋亞美其實很有趣、漂亮、黑心，又有點笨拙。

竜兒不知道恐怖地獄即將襲向自己，細心地用不同顏色的迷你包巾包起三個便當。

春天到了就去群馬！

1

十七歲的黃昏。

乾枯的雜草覆蓋河堤，走在河邊一如往常的回家路上。尼龍書包擺在淑女車的籃子裡，上面的金屬零件因為石子路而發出喀噠聲響。晚秋的風吹得耳朵好冷，所幸穿在立領學生服底下的羊毛連帽T恤勉強可以派上用場。

十七歲的春田浩次踩著踏板茫然思考：幸好我穿了連帽T……並不是。

「……那個人要跳下去了……」

而是針對眼前看到的景象。

在即將邁入十二月的現在，下午四點已經有些昏暗，街燈一盞一盞亮起，前方橋上也閃著一排光亮。有名女孩就站在寒酸的白色燈光底下。

看得見她的長髮隨風飛舞，雖然看不見臉但應該很年輕。女孩孤伶伶站在小橋中央。

——只是這樣的場景就讓他想到「好像要跳下去了」，這都怪剛才放學在教室裡和朋友聊個沒完的愚蠢話題所致。

又稱小高高的高須竜兒，以世人皆會感到恐慌的可怕表情說道：「超市的收銀台邊擺著要賣的花，可是不常有人購買，加上擺在收銀台旁邊，經常被大家的購物袋撞到折斷掉落。我看到那麼可憐的花，正準備跟店員說聲『我要買。』並且伸手的瞬間，另一側也有名女生準備把花撿起來，兩人的手碰在一起，視線交會——你請你請。不，妳請……在互相推辭之中，終於——妳、喜歡花嗎？我雖然對花不是很了解，不過如果可以，要不要一起喝杯茶？大概就是這樣吧？」——高吊的三角眼閃耀欲望，這似乎是他認為和女孩子最理想的邂逅方式。聽起來感覺很溫馨，但是仔細想想，不管是撿起掉在地上的花也好、收到掉在地上的花也好，好像都很窮酸。

又稱小登登的能登久光擦過黑框眼鏡之後說道：「我和高須有點類似。場景是在CD店。除了我之外大概不會有人聽這種音樂吧——正當我一邊這麼想，一邊把手伸向某個冷門變態樂團的CD時，正好碰到要拿同一張CD的女孩手指。然後——咦？妳也喜歡這類前衛搖滾的音樂嗎？啊，還滿常聽的。咦，我也是。對了，要不要一起喝茶？嗯，好啊。大概就是這樣。」——根本是抄我的！小高高有如凶器的臉湧出殺氣，不過春田有不同想法——會聽冷門變態前衛搖滾樂的女生一定不可愛吧。

那麼你理想的邂逅方式呢？被這麼一問，春田老實回答：「走在路上偶然發現落河溺水的女生，華麗救起對方，噗啾人工呼吸。醒來的她對我一見鍾情，表示為了感謝我，所以要請我到她家裡，接著讓我去她家。然後她說衣服溼了，所以要先換衣服，於是脫下衣服……接下來就是……嘻嘻嘻！」……春田是認真的。比起兩位好友的答案，春田覺得不論是在戲劇性、彷彿命中注定，還有速度感各方面都遠勝過其他兩人，他對這一點相當有自信。

可是他們兩人不斷說些——太沒真實感了、發生的可能性太低、你真的是蠢蛋、實在蠢得可憐，這些過分的話。「那麼我要去超市了。」「我去一趟CD店然後回家。」便各自前往追求期待的命運邂逅。我怎麼能輸！踩著踏板的春田就是因為這樣才來到河邊！當然不是，他只是正要回家。

來到這裡看見佇立橋上的女孩子身影，不禁想起剛才的蠢事——

「啊？」

他看到女孩子毫不猶豫地跨過欄杆。

接著踏出腳步。

距離水面大約五公尺。

身體維持踏步的動作，順勢直直往下墜。

然後聽見——「啪沙！」一聲，同時激起水花。身體很快就被白色水花吞沒。

「……唉呀，現在不是時候說『真沒真實感啊～～』的時候了……唔耶耶耶！」

春田驚慌失措地大叫，留到下巴的長髮為之倒豎。四周沒有其他人影，只有自己目擊。

春田拚命踩著踏板來到橋下把腳踏車拋在一邊，一口氣滑下堤防，憑著幹勁踏入從小玩到大的河裡。冰冷的河水讓他的心臟揪緊。腳會陷入河底泥巴，以及河水雖深流速卻很緩慢這幾點，都和小時候一樣。

「喂——！妳要不要緊！」

春田一邊大喊，一邊在混濁的河中踏水前進，運動鞋和襪子很快被泥巴脫去變成光腳。淹至大腿的水冷到讓人快要停止呼吸，但是看到河川中央飛濺的水沫與露出水面的白皙手臂，春田就沒時間去想多餘的事。他大概明白這是什麼情況。附近的每個小鬼一定都遇過，自己也曾經遭遇。從那座感覺很低的橋跳進河裡，雖然不會因為頭撞到河底而死，但是身體會插進泥裡動彈不得，手明明可以伸出水面、頭頂明明很亮、臉只要抬高幾公分就能呼吸。遇到這種情況，唯一的辦法就是——

「嘿咻……！起來！」

等其他人把自己的身體從泥土地獄裡拉出來。

「……噗哈！」

春田抱住掙扎露出水面的身體，進入忘我階段。他不曉得該抓住對方哪裡，只是全力抱住，同時踢開淹沒雙腳的泥巴。身體因為沉重的水流而傾斜，好不容易來到堤防旁邊。兩人交纏倒在一起，可是被春田拉上來的人只是攤在濕淋淋的枯草上，一點也沒有起身的跡象。

這就是意識不清嗎？希望還沒死……

「看起來不像不要緊……哇啊、這下子怎麼辦？快來人啊！幫幫忙！啊、對了對了，救護車救護車！」

不對，在那之前我的手機在哪裡？書包？胸前口袋？該不會弄濕了吧？在一個人慌慌張張、不知所措的蠢蛋腳邊——

「……咳咳……！」

滿身泥巴的女孩終於恢復呼吸。她痛苦地咳嗽，同時身體發抖彎曲成く字型，接著又更加劇烈地咳了幾次，吐出水的喉嚨發出聲音大口呼吸。她伸手彷彿想要抓住什麼。春田雖然驚慌失措，仍然彎腰把手繞到她的背後支撐她，同時另一隻手在胸前口袋拚命找尋手機。

「……哇喔！」

那是一股突如其來的強大力道。

女孩雙手繞上春田的脖子，緊緊摟住他。春田差點被壓倒，對方雙手的力量大到讓他快要無法呼吸。吹向脖子的氣息有如火焰一般熾熱。

「你果然……咳咳！來救……我了……！」

春田馬上想要甩開，緊緊纏繞的雙臂卻不願離開。女孩子糾纏的力氣大到令人很難相信她剛剛才溺水。

「沒有亮輔……我就活不下去了……！」

她的低語帶著熱情，即使痛苦咳嗽還是不斷反覆呼喊「亮輔」這個名字。

「現在好像不是說『可是我是浩次』的時候……糟糕！我說了！」

連自己都嚇了一跳，明確的自言自語似乎也傳進女孩耳裡。和纏上來時一樣突然，女孩馬上放開春田。

春田第一次看到對方的模樣。

沾滿泥土的溼漉長髮貼在襯出肌膚顏色的薄針織上衣手邊。她的肩膀單薄、手臂纖細，髒兮兮的臉一片慘白。圓額頭上有淺淺的擦傷，貼身牛仔褲下方，可以看到一雙沒穿鞋子的腳。盯著春田的眼睛有如貓眼發出強烈光芒，然而卻是害怕地顫抖長睫毛……

「……你是誰……？你不是亮輔……為什麼……？」

「我是路過的浩次。」

「亮輔在哪裡……？剛才有個男人在吧……去哪裡了？」

「我不知道。」

「騙人……你說謊……亮——」

「啊啊！這麼說來——」

女孩聽見春田大叫而睜大眼睛。兩人熱烈地互換視線，春田像是為了避免自己忘記似的大聲叫道：

「我明天是值日生啊～～！」

「……」

現在跟死了差不多——女孩以拉下鐵捲門的模樣閉上眼睛。下一秒——

「啊，等等！」

虛脫趴倒的女孩身體差點又被河水沖走。春田想辦法抓住似乎用盡最後力氣、即將順水漂流的女孩手臂，再一次將她拉上岸。

＊＊＊

頭髮看起來散發銀光。

「……這也可以用。」

春田甚至忘記接過女孩遞來的毛巾，不禁傻傻地仰望女孩。對方的年紀比自己大上幾歲，不過好像不是社會人士，應該是大學生。她的目光平靜，將毛巾丟到坐著的春田膝蓋附近。然後——

「這件衣服也借你……衣服給你，不用還我。還有涼鞋也穿回去吧。」

繼毛巾之後，一套灰色男用家居服丟在春田腳邊。

「淋浴時記得把浴簾拉上……你有在聽嗎？」

「噗～～」

——張開嘴巴的呆滯表情，或許看來全身極度放鬆，其實春田的內心相當緊張。

女孩住在與堤防一路之隔的公寓二樓。春田牽著腳踏車、光著腳跟她回來，進入狹窄的套房，現在正準備借用浴室。先洗澡的人是女孩。當模樣比自己更悽慘、濕淋淋的女孩子對自己說「你先洗」時，即便是春田也無法照做。

就是這樣，春田和素未謀面的異性獨處一室，更別提那位異性剛洗完澡，頂著一頭溼熱的頭髮、穿著單薄的衣服、纖瘦的身體曲線一覽無遺，散發出迷人的香味站在自己面前……雖然是諸多原因造成事態發展至此，但在這種情況下還有男人能夠放輕鬆，就去當和尚吧！這是春田的想法。

「……快點去溫暖一下，否則會感冒的……而且河水很髒。」

春田勉強點頭。

現在的他做好萬全準備，腋下挾著借來的毛巾和替換衣物，一鼓作氣起身掩飾緊張。他早已是下半身全裸的性感裝扮，腰間只圍了一條借來的浴巾。等待淋浴的這段期間，不斷滴水的褲子冰冷地貼在腿上，令他無法坐下，所以換成現在這副打扮。上半身沒弄濕，所以仍然穿著自己的T恤，不過已經冷到乳頭都站起來了。

浴室在那邊——女孩一邊用毛巾擦拭溼頭髮，一邊指著玄關旁邊的小門。「咦？哪邊？」

春田轉身準備看向女孩手指的地方，下半身的浴巾也在此時順勢飄落。

他有好幾秒鐘沒發現異狀，之後突然覺得很冷，無意間看往自己的下半身——

「呀啊～～！」

這才發出慘叫。自己的下半身怎麼會整個露出來了？春田和某位朋友不同，沒有暴露的習慣。面對這種丟臉至極的情況，春田連忙用雙手遮住發燙的臉。啊啊，這是醜聞……他只顧岔開雙腿遮臉站著，從指縫窺視女孩的模樣。神聖的下半身該不會已經被她看光了——

「……」

女孩沒有說話，只是皺了一下眉頭沉默不語。站在原地的她沒有怒罵也沒有毆打，也就是說——

「——SAFE！唔喔～～真是嚇死我了！我還以為被看光了～～！SAFE、SAFE！啊、好痛……！」

春田彎腰做出兩手向外揮的安全上壘姿勢，但是小指狠狠撞上牆壁，因為太痛的關係，他有好一陣子無法發出聲音。沒事自找的丟臉行為讓他的臉變得更熱，只好光著屁股大喊：「咻～～！」逃進浴室裡。

看到和浴缸擺在同一空間裡的小馬桶和小洗手台，春田有點驚訝。當他關上門獨處之後，總算能夠好好呼吸，按著成熟蘋果色的火熱臉頰垂頭喪氣。啊啊，我怎麼會這麼笨！絕對絕對被她當成笨蛋了！搞不好她正在報警——春田當然沒想到這裡。

女孩才淋過浴的昏暗浴室裡，此刻仍然充滿熱氣。在太過狹窄的空間裡難以動彈的春田最後決定站在浴缸中央，打算把身上的最後一件T恤脫下。

「……咦……？唉呀呀？這不就是……喔喔！」

就在這個時候。

總算從各種混亂當中冷靜下來的春田，頭上亮起電燈泡。下半身早已是神聖的光溜溜狀態，上半身則是T恤脫到一半。他正要握拳擊掌，手肘卻撞到洗臉台。重新來過，發出「啪！」的一聲。

「這不就是我最理想的邂逅嗎？」

雖說細節有點不同——救了溺水的女子，然後跟著女子回家。她洗完澡，接著輪到我。要說狀況「非常相近」也無妨。看～～吧！春田想起把自己當成蠢蛋的兩名朋友。

春田把借來的毛巾、替換衣物和脫下來的衣服一起擺在馬桶上，華麗地變身成為全裸狀態。他雀躍地打開水龍頭，蓮蓬頭噴出來的水毫不留情濺落在浴室地面與替換衣物上，「噫耶耶……！」春田連忙拉上浴簾。

冰冷的身體總算沐浴在溫水下，水溫很快上升，淋在皮膚上的熱水舒暢溫暖全身。在水聲之中，春田一個人「……耶嘿嘿～～！」開心地擦著笑臉。

連洗髮精也沒用，他搓揉受損的長髮扭動身體。看吧看吧，這不是發生了嗎？這種邂逅很真實啊。「春田，你真是超～～帥的！很抱歉把你當笨蛋，讓你摸摸大河的胸部以表歉意吧！」——想像小高高會這麼說。「春田，你怎麼那麼聰明～～真是天才～～！為了表示歉意，來，給你十萬圓！」——想像能登會這麼說。你們別這樣，都是朋友了，幹嘛這樣……唉，不過既然你們這麼說，我就接受吧……春田搓揉班上最可怕女生的胸部讓她哭出來，也把十萬圓收進錢包裡。雖說都是想像，但是現實真的如同春田所說的一樣發生了，他甚至覺得自己真的收到那種禮物也不奇怪。

邂逅情況簡直和他的想像一模一樣。接下來遞出毛巾、洗好澡的女孩缺乏防備的姿態，讓人想問：這樣好嗎？頭髮還是濕的，纖瘦的身體只穿著單薄T恤和鬆緊帶運動褲，那個模樣、雪白的肌膚……只穿著貼身衣服的嬌豔。

「咻～～！忍不住興奮起來了～～！」

他用沐浴乳隨便洗去腳上的污泥，說出自由過頭的自言自語，自己也期待會發生什麼。不，他並非期待輪流洗完澡之後會發生的事。沒有莫名的期待。雖說沒有，沒有歸沒有……說完全沒有是騙人的！非常抱歉！春田對著空氣低頭鞠躬道歉，看到雙腿中間之後便用力洗乾淨……不對，真的沒有期待什麼，只是擔心浸泡過骯髒河水的敏感地帶，如果感染什麼奇怪東西就麻煩了——誠心誠意對不起……我洗我洗！

匆匆忙忙結束淋浴，春田用借來的毛巾擦乾身體，毫不猶豫地沒穿內褲就套上借來的運動褲。原本穿著的內褲和制服長褲一起塞在要來的塑膠袋。正當他想輕快奔向套房走廊而用力開門時，突然聽到「叩！」一聲。

「啊嗚……」

「唔喔喔！對不起……！」

粗魯打開的浴室門，正好打中站在浴室前的女孩後腦勺。浴室門打開的極近距離有個小廚房，她似乎正在那裡煮熱水。在按著後腦勺呻吟的女孩面前，沾滿油汙的水色水壺發出愚蠢的聲音，通知水滾了。

「紅……紅茶和咖啡……你要喝什麼？」

「咖～啡～～！妳的頭要不要緊～～？」

「咦……你的說話方式……」

「啥？什麼東西？頭真的不要緊嗎～～？」

「……不要緊。我家很小，所以經常發生這種事……」

重新站好的女孩拿出兩個同樣款式的馬克杯，粗魯地盛入即溶咖啡，看來就算咖啡撒在流理台上也不在意。然後從水壺倒出適量熱水。即使兩杯咖啡的量差了一倍，她似乎也完全不在乎。

如此隨便泡成的即溶咖啡，還是讓四周飄起一股咖啡香。春田像個笨蛋似的站著觀察女孩的舉動。

「來……喝吧。」

女孩把水很多的淡咖啡遞給春田，然後在寬度不到一公尺的昏暗走廊兼廚房，喝起自己那杯咖啡。即使那裡有來自玄關的冷空氣，還是隨興站著。

唉，也只能這麼做——春田莫名認同她的行為，站在女孩旁邊喝起過熱的咖啡。旁邊窄小的西式房間裡，光是床和放著電視的大櫥櫃就快被塞滿，看不到能夠喝茶的餐桌。房裡還有衣服、化妝品、成疊紙張、厚書等東西到處散置，其他還有看似素描簿的東西疊在一起，放眼望去都是有坍塌危險的成堆畫材。水桶、用途不明的巨大畫筆、毛茸茸的圓畫筆、髒兮兮的三合板、裝著像是油的液體瓶子，不可思議的物品散亂各處。能夠看到地板的部分，只有春田剛才坐的靠墊附近。靠墊旁邊可以看到破ＣＤ盒，春田感到有些介意。該不會……是我踩到的？似乎有些不妙？

「……房間很亂吧。」

聽到對方突然開口，嚇了一跳的春田偷偷低頭看向嬌小的她。

垂落胸前的淺褐色溼頭髮果然閃耀著銀色光芒。春田看著她渾圓的額頭點頭，女孩雪白的臉頰和鼻梁讓他再度眨眼。

彷彿能夠看穿的單薄白色肌膚——春田一邊想著這件事，一邊說道：

「真的好亂！還有一股什麼味道～～！好像美術室的味道？」

春田沒有聰明到懂得顧慮對方，當然也忘記自己可能是踩破CD的犯人，老實地回答她的問題。可是女孩平靜的表情沒有變化：

「的確和美術室差不多……味道是油彩悶在房間裡，已經除不掉了。其實也不是很重要……啊，押金可能拿不回來了……」

「油彩也就是——我～～懂了！姊姊該不會是畫家？那些筆什麼的都是畫材吧？」

「不是。我只是美術大學的學生。」

「美術大學？果然有在畫畫！唔哇～～好厲害、好酷喔～～！妳是未來的畫家！藝術家！給我看妳的畫！」

「不行……你還穿著制服，應該是高中生吧？那邊那所公立高中？」

點頭的春田回答：「春田浩次OF17歲～～！」女孩只是冷冷發出「喔～～」一聲回應，表情還是沒變，繼續喝著咖啡。

春田偷偷用眼角餘光窺視女孩柔軟的身體，覺得她的細腰像貓一樣單薄。接著突然想到她雖然像貓，但是非上下學途中經常遇到的流浪胖貓，而是鄰居家以前養的暹羅貓。發出銀光的毛配上一對冰藍色的眼睛，是隻修長美麗的外國貓。

明明一直疼愛牠，牠卻從打開的窗戶逃走，再也沒回家——春田感覺自己看到女孩身上有條長尾巴，不由得嚇了一跳，忍不住搓揉眼睛。這當然是他想太多了，可是……她叫什麼名字？

「……那個——呃，妳叫什麼名字？」

「……我不想說。」

「窩布．翔梭？窩．布翔梭？啊，對不起，到底哪邊是姓？原來妳是外國人。來自哪個國家？」

女孩從二十公分的下方用一對圓眼睛仰望春田，瞬間發出光芒。眼底看起來搖曳著藍色。唔哇啊……春田差點發出感嘆，接著——

「……妳是哪個國家的人都無所謂～～！好美喔～～！真是個美女～～！我雖然冷得快死了，還是很高興救了妳～～！」

一口氣把原本準備吞下去的話全部說出口。「啊啊！」等他發現這件事，連忙遮住嘴巴已經為時已晚。他的臉瞬間通紅……進來這間公寓到底要臉紅幾次才甘心。

「……濱田。」

濱田？

什麼東西？

春田最丟臉的大腦記憶體容量已滿。跟不上女孩的話，愣愣看著站在旁邊的她。

「啊！我懂了！」

他總算明白是什麼意思，拍一下手重重點頭：

「窩布是假名，本名是小濱啊～～！啊哈哈哈合體～～！那請叫我阿鈴。」

「才不要……我叫濱田瀨奈……」

「啊哈哈哈！瀨奈啊～～！我知道了艾爾頓！那麼請叫我浩～～次就可以了。」（註：瀨奈的日文發音和F1賽車選手洗拿，Ayrton Senna相同）

「不要……」

「那麼～～春田也可以。」

他不在乎別人怎麼叫他。更重要的是——濱田瀨奈，得記住這個名字才行——春田把力量注入眉間。不太靈光的腦袋無法思考太深奧的事物，連記憶力都是七零八落。可是這麼難得的一刻——

「唉呀……？」

幾乎忘記的某個記憶，再度因為頭上的電燈泡亮起而照亮。可憐的是燈泡瓦數太低，正要想起時，記憶卻像塵土一般幾乎快要被風吹散。

「亮、亮……亮普……唔～嗯……亮作？不對……這個記性是怎麼回事……啊……啊？前世……？」

「……難道你是想說亮輔？」

「啊、對對，就是那個。那是怎麼回事？」

瀨奈緊咬薄唇，皺起眉頭，雖然不情願還是開口。或許是認為對於救了自己的春田有某種義務吧。

「亮輔是——那套衣服的主人。」

「喔～原來如此，這套衣服的主人啊……原來真的是男人……妳說要給我，所以我沒穿內褲就直接穿上……啊、別誤會，我不是以為這是瀨奈的褲子才不穿內褲來個直接接觸……啊……原來如此……男人啊。」

「……沒關係，反正我想他不會再穿了。」

「啊，真的？呼！幸好沒變成站在上風發臭的人，從各種意義上來說！」

「……一點也不好。」

「不好！要站在下風聞臭味嗎？」

瀨奈沒有理會一個人靜不下來的春田，看著自己的腳尖，伸出纖細手指梳理溼髮。如果是真的暹羅貓，尾巴大概在空中焦躁亂動。

「不是那個意思……他不會再穿的意思是不會再到這裡來了。亮輔是我的男朋友……或許會變成前男友也說不定。也就是剛剛那個……跳河的原因。」

「……唉呀呀……原來是這樣啊～～」

都搞到要跳河了，我還以為有什麼複雜的原因。原來如此，是和戀愛有關，這也很常發生啦……這種話就算是春田也說不出口。拿著馬克杯低著頭的瀨奈側臉感覺好透明，彷彿會直接溶入影子裡，就此消失。

「……我被甩了，卻怎麼樣也不想分手。告訴他我有話要說，把他叫來我家，但還是無法挽回，他離開了。我追到橋那邊就追不上，不斷望著他的背影希望他能轉過頭……可是他始終不回頭。我並非真的想死，那麼淺的河淹不死人……唉，不過在我差點死掉時，是你救了我。我真的沒想到自己已經跳下去了，他卻依然不回頭……也沒注意到……」

想起瀨奈茫然佇立在橋上的模樣，她一直注視著路的前方。原來她是在看男朋友。

面對只能以「無精打采」來形容的側臉，春田不禁感到同情。自顧自地點點頭之後，「乓啾～～☆」春田用手對著瀨奈的肩膀輕輕開槍，想要幫她打氣。「啊唔……」瀨奈的熱咖啡灑在手上，春田卻沒發現。

「總比他注意到妳跳河卻見死不救好吧！再說如果想要他注意，只要對他大喊：『我要去死～～！』不就好了？」

「我喊了……說過好幾次了，從上個月一直說到現在。」

「……啊、原來是這樣……」

馬上遭遇挫折。這還是他第一次因為女孩子所說的話而瞬間情緒低落。

「一開始的三次還有效果，他會向我道歉，說分手的事改天再說……說到第四次，他表示無法繼續和我交往……從那之後就算不提分手，我們的關係也瀕臨破裂……」

「所以妳改變心意決定跳河，沒想到還是沒用嗎？」

瀨奈沒有點頭，不過應該是這樣。「唉～～」春田忍不住嘆息：

「……話說回來，雖然對方同意暫時不提分手，但也沒有意義了吧？他已經不愛瀨奈了不是嗎？勉強拖住不愛自己的男人，強迫他和自己在一起，這樣快樂嗎？對方不快樂，妳還無視他的忍耐？他很痛苦、必須忍耐而且壓力很大吧～～？他明明是妳愛的人，這樣豈不是太可憐了嗎？」

受到挫折的春田不禁說出真心話。瀨奈的雪白側臉低垂。我會不會說得太過分了？春田忍不住抓了一下溼漉的長髮。

瀨奈將馬克杯擺在殘留白色水垢的流理台，痛苦低語：

「你說的……我都知道。我也不想折磨亮輔。再說已經走到以死相逼的地步……我們已經不可能回到從前那樣，這些我都知道。」

她用手撐著流理台，彷彿在支撐身體不要倒下。手指纖細到能夠看見骨頭，指甲也剪得很短，手背隱約浮現青色血管。不是只有臉，這些小地方也很美～春田茫然思考。

嗯，這個人果然很漂亮，而且還是單身～也不管當事人的意願就擅自宣布她恢復自由之身。叮～！既然這樣，應該快點決定接下來的交往對象才對。

「可是，我還是喜歡他……我該怎麼辦才好？不管他說了多麼過分的話讓我哭泣、生氣、怨恨、後悔，我還是希望兩人能夠和以前一樣走在一起，和以前一樣兩人一起吃飯。我最喜歡和他一起散步。一邊聊天一邊閒逛、喝茶、逛書店，累了回家吃飯，一起鬧到睡著為止……我好喜歡這樣的時光，好幸福，那是我的全部，我不想失去……我該怎麼做才好？」

好，來了！春田一撥長髮，馬上毛遂自薦：

「找個新的男朋友這麼做不就得了～～！」

比如說我！找我浩次！以死相逼的確很麻煩，不過撇開那個部分，瀨奈還是很有魅力的！再說我絕對不會想和瀨奈分手！分手只有瀨奈甩了我（泣）！所以我不在乎瀨奈麻煩的部分！必須忘了過去的男人！所以，好不好？好嗎？我下跪！

……當然不可能真的這麼說。要把持住自己。不過我是認真的，表情也很認真，將自己的型男能量開到最大，全部釋放出來決一勝負。豈料——

「……不要。不是亮輔就沒有意義。」

「唉呀～～這樣啊～～！啊哈哈哈哈！」

兩秒敗北。只能以笑回應。

「可、可是！那個！呃～～！」

如果不繼續說下去就要道別——現場的氣氛就是這樣。瀨奈嘆口氣，看向牆上的時鐘。

春田察覺到她的舉動而開始焦急。這麼難得的邂逅，難得的偶然，我不想就此結束。既然在這麼冷的天氣跳入河中救妳，我就要得到等值的回禮！春田當然沒這麼說（對方又沒要你救她），不過多少還是希望得到一點好處。再說他也沒做人工呼吸。內心想著：再一下，讓我找到一點好處。我想要好處。

「呃——那個，啊，我想……換個方式重新接近他不就得了？」

「……咦？什麼意思？」

必殺技，邊說話邊思考作戰啟動！

「也就是說，呃……那個，他已經不再需要瀨奈了吧？也就是那個、嗯，對了對了，不是致力維持過去的關係，而是嶄新的相遇！建立新關係！類似這樣。」

「……怎麼做？」

「比、比方說，那個～～讓他看看全新的瀨奈……啊，對！我知道了！啊哈哈哈哈！」

從出生起就經常籠罩一層霧的春田腦袋，在這一刻落下久違的知性閃電。天外飛來的閃光比電燈泡更耀眼。來了！這種情況偶爾會發生。

「『交了個超帥的男朋友，而且是個高中生！』——譬如這樣如何？啊，這當然只是作戰，讓他看看交了年輕男友變得幸福快樂、完全忘記前男友的瀨奈，那副充滿幸福光芒和快樂荷爾蒙的樣子。啥！那是瀨奈？後悔的人是我？啊，這是綾波。就像這樣〜〜！」

「……你說的高中生，該不會……？」

「YES！就是我！」

「……超、帥……？」

「YES！就是我！」

瀨奈看著春田眨了幾次眼睛，咬唇思考了一會兒：

「所以說……用意是要讓他嫉妒？」

「嗯，稍微有些不同！是為了讓他再次愛上幸福的瀨奈！」

當然春田的真正計畫是等到亮輔驚訝之際，遊戲早已成真。到時不管他怎麼後悔，一旦瀨奈成為自己的女朋友，春田就不打算放手。

沒錯。這些話讓春田自己來說有點不好，但是看來愚蠢的他，其實也有些意想不到的壞點子。比方說在這種時候假裝好人全力協助，然後趁機占盡好處——

「……可是你為什麼願意幫我？」

「那當然是因為過程中可以和瀨奈感情愈變愈好，等時候到了，還可以成為真正的男女朋友嘛！瀨奈那麼可愛又漂亮！又是超帥的美術大學學生！難得能遇到這種人，我不希望就這麼說再見！唔啊～～！我怎麼全部說出來了！」

怎麼會這樣！春田伸手遮住瞬間通紅的臉無聲跪下。難得的好點子就這樣報銷了。

……我搞不好真是個笨蛋，我的腦袋或許如同大家所說，既愚蠢又可憐。什麼真正計畫，全部被我自己說出來了不是嗎？以連自己都不敢相信的愚蠢方式自爆結束。可是沒想到對於這樣的春田——

「……啊哈哈！」

瀨奈笑了。大概是因為太蠢的關係，她以為春田在開玩笑。瀨奈用雙手遮著嘴巴，彎腰蹲下笑個不停。

「什麼跟什麼，真有趣……不過或許是個好主意。就這麼辦吧，我想試試。嗯，姑且不論超帥這一點，和高中生交往就很有話題性，或許會有意想不到的效果。」

「真、真的嗎？真的？」

蹲在狹窄的廚房兼走道上，瀨奈點了幾次頭。而且——

「真的。就當是打工吧。每打工一次……每約會一次讓亮輔看見『嶄新的瀨奈』，我就給你三千圓。」

「真的假的？不會吧，真的？太好了～～！」

哇啊哇啊！除了可以和瀨奈假裝情侶約會，還可以拿到零用錢！沒穿內褲的春田開心地高舉拳頭，興奮不已。

——春田浩次十七歲。

這就是援助交際的開始。

2

「春田——！你看你看，爸爸給我的吉野家牛丼股東優待券！可以免費吃牛丼喔！牛丼！一起去吧？」

「……請你別隨便和我說話，能登同學。你就用那種路邊撿來的優待券，連同我那份老爹牛丼一起吃了吧。」

「就跟你說是股東優待券。怎麼？你不去嗎？這個真的不用錢喔？你到昨天為止不是還說很喜歡吉野家牛丼，甚至說下輩子投胎當牛要變成牛丼嗎？」

黑框眼鏡的好朋友露出一點也不可愛的驚訝表情偏著頭。春田對他露出充滿優越感的笑容。誰管你那個從蕪菁田裡長出來（註：日文裡的股票與蕪菁的發音相同）的免費招待券，我可是要去約會。

在吵鬧的放學後教室裡，春田驕傲地梳理長毛，匆匆忙忙準備離開學校。身穿連帽T恤與立領學生服，圍上BURBERRY格子（仿冒品）圍巾之後起身。抱歉，我今天沒那個閒工夫陪能登。

「我今天有事～～所以先走一步了！掰掰小登登！」

「咦？什麼什麼，這是怎麼回事？怎麼搞的，你這個人怎麼那麼難相處！」

「抱歉～～不好意思～～你找小高高或北村大師去吧？」

「大師早就去忙學生會的工作！再說高須又是那個樣子！」

能登鼓起不可愛的臉。春田看向他手指的方向，只見長相可怕的朋友留著鼻血坐在椅子上。這個場景相當驚人，春田忍不住嚥下一口口水。雖然急著去約會，他還是想知道到底發生什麼事。

「小、小高高？這怎麼回事！」

「……都怪那個笨手笨腳的傢伙……我……！」

驚人三角眼瞪視的小不點，正以一副了不起的模樣挺胸站立：「這是意外。」那名輕飄飄長髮搭配洋娃娃外表的同班同學，正是人稱「掌中老虎」的逢坂大河。

「老虎～～！妳對我的小高高做了什麼～～？他太可憐了！」

「我就說是意外嘛。哼，跟笨蛋解釋感覺太蠢了，總之就是這個——」

掌中老虎拿起罐裝奶昔的拉環：

「因為有點難拉，所以我就很用力地這樣——喔啦！打開，結果很不幸地那邊那個醜男犬的臉……正好在手肘的正後方。」

「誰是醜男犬啊！」「就你啊。」「妳害我流鼻血耶！」「好慘呢。」「妳一點也不會擔心嗎！」「啊——擔心擔心。」「還不是妳的錯！」「突發事件真恐怖。」「為什麼一臉無所謂的在那邊喝果汁！」「這是奶昔。」……在旁觀者看來，即使鼻血流不停，兩人仍然一如往常般悠哉地一搭一唱。

「……小高高，你看來好SPRINKLER……！」

「你要說的是SPLATTER吧，春田？」

對對，我想說的就是那個。在能登的訂正下，春田愉快更正錯誤，說聲「那麼我有事先走一步。」便一手拿著書包，對蕪菁田的眼鏡男、鼻血男和迷你老虎揮手道別。約好的時間就快到了，現在可沒時間繼續閒聊。可是——「等等。」鼻血男叫住他。

「我都差點忘了有件事要告訴你。你的制服長褲莫名油亮，回家後立刻噴醋水再用熨斗燙過。啊，要記得把熨斗的插頭拔掉喔。」

「喔～～不愧是小高高，終於發現了嗎？我忘了去把送洗的唯一制服長褲拿回來，所以從昨天開始穿這件國中制服的長褲。反正顏色一樣，出乎意料地不容易看出來吧？」

「的確看不出來，不過……平常連衣服都不換的人，居然會把制服送到洗衣店？到底是怎麼回事？」

「嘻嘻！祕密！」

沒有正面回應像母親一樣囉嗦的朋友，春田直接走出教室。那件事情是祕密——約好是祕密所以不能說。才剛準備跑開，頭上又冒出電燈泡。差點忘了。春田直接俐落地倒退走，回到教室門口探頭說道：

「喲～～老虎～～！我有件事要跟妳說！」

「少跟我裝熟！快滾回去，你這個蠢毛混蛋！」

春田對齜牙咧嘴發出低吼的掌中老虎輕輕眨眼，有件事他一定要趁著還沒忘記之前，告訴這名他曾在幻想裡摸過胸部的猛獸系女孩：

「邋遢其實滿性感……的喔？也就是超粗心大意，老是害小高高要照顧妳，私生活邋遢到不行的老虎超性感☆挺起小奶……不對，是胸部☆可是老虎的小奶……不對，胸部真的很神祕～～穿泳裝時意外有料，穿上制服卻又超級平坦～～」

只見老虎瞬間捏扁鐵罐。

快逃啊春田──在朋友的叫聲當中，「我明明是稱讚妳，為什麼要生氣啊？」春田不解地偏頭逃走。問題在於後半段？不對不對，後半段只是奉送的，他想說的是前半段。

昨天晚上和瀨奈傳完訊息之後，春田帶著興奮的餘韻，在神祕的激動情緒之中思考。房間髒亂也無妨，在初次見面的男人面前，大剌剌地穿著薄衣也無妨，基本上說來各方面都有些邋遢的瀨奈相當有魅力，能夠啟發想像。啊啊啊～～好邋遢啊……想了好久，春田終於有所領悟。

邋遢的女人真好！

……如此領悟之後，他一個人在腦子裡舉辦「班上邋遢女孩大賽」直到半夜三點，如今只是想頒獎給勇奪第一名的老虎。連滾帶爬地跑出校舍的他拉出腳踏車全速踩動。出了校門後有一段路都是直線，趁著快變紅燈連忙穿越馬路，心想這下老虎應該不至於追上來。

騎過命中註定的河邊，通過命中註定的橋，春田前往的地方，是與自家方向相反的車站。附近的人愈來愈多，春田放慢腳踏車的速度，剛好可以看見約好的入口。

已經到了嗎？停下腳踏車上鎖時，他抬頭一看。

喔！吸了口氣。

已經到了。馬上就發現她的蹤影。瀨奈靠著柱子，一手按著手機。春田不明究理地躲在同一根柱子另一側，心臟有些……不對，是跳動得很厲害。這還是打從出生以來，第一次和女孩子兩人單獨約在外頭見面。雖然曾經有好幾次因為聯誼的關係，大家一起集合（然後持續更新失敗紀錄），但是兩個人——他現在才知道這原來是件緊張的事。

該如何開口？如何登場？春田在隔著一根柱子的後側，撥了一下留到下巴的長髮，想要稍微耍帥——

「啊……什麼嘛，原來你在這裡。」

「呀啊！哥哥大笨蛋！進來要敲門啊～～！」

變成妹妹了。

春田雙腳內八滿臉通紅，不禁瞪著瀨奈雪白的臉。他嚇到了，沒想到瀨奈會突然轉過柱子現身，根本來不及反應。哥哥是笨蛋笨蛋。人家難得有機會想要帥……想變身帥哥，結果卻變成妹妹。我是笨蛋笨蛋，腦袋愚蠢可憐到不行。

春田不乾脆地拚命掙扎，瀨奈說了一句：

「……春田真有精神。」

無所謂地撥弄頭髮，然後舉起一隻手，似乎是在打招呼。

中分的淺褐色長直髮今天也散發銀色光芒。端正的站姿教人想像不到她會是那個骯髒房

間的住戶。瀨奈就在這裡。

灰色的細針織上衣外搭白色針織外套，脖子掛著淺水色圍巾，下半身搭配米黃色的口袋工作褲，肩上背著茶色大皮包，今天看起來也很像暹羅貓。纖細的褐色高跟鞋看來就像貓的腳尖。

寬額頭下是隱約發出冰藍光芒的眼睛。瀨奈看著春田的眼神十分平靜。春田無法回看她的眼睛，對著暹羅貓的腳尖「嘿嘿嘿！」傻笑。

＊＊＊

「那邊。」瀨奈用手指向看來很時髦的咖啡廳。

木頭階梯延伸的前方，是整片玻璃帷幕的入口。紅磚牆邊排列水嫩的觀賞用植物。店名不會念……這種地方自己絕對不會一個人進去，和能登一起也不行，和小高高或大師也不行。這種店不適合跟男性朋友過來，而且高中生要進入恐怕會遭到拒絕。

「……亮輔在那邊打工。星期三，現在應該是當班的時間。」

「該、該怎麼說～～我可以穿著制服進入那麼時髦的地方嗎？突然感覺有點害怕……啊哇～～喔！」

「這麼一點小事，應該可以吧……你不想？」

手被緊緊握住。冰冷手指的纖細，以及疊在一起的手心那股柔軟——春田心跳加速，腦血管也快爆炸。粗製濫造的腦袋突然湧進大量血液，反而變得更笨。

「不是不想……可是摸那裡會弄髒……」

「……你的手很髒嗎……？」

察覺瀨奈要抽出自己的手，春田連忙搖頭，客氣地稍微用力回握她的手…

「才怪，一點也不髒！」

兩人躲在書店門口，瀨奈放心地將春田的手拉近，身體貼上春田的手臂，臉頰靠著春田的肩膀。十指交握，手和手緊貼成為真空狀態。瀨奈纖瘦的身體曲線透過手臂清楚傳遞過來，甚至透過柔軟單薄的肌肉，感覺到底下纖細骨頭的形狀。

對了——我們正在交往，假裝在交往，就是這麼回事。

「……你的手好像流汗了。」

「咦？不會吧，好丟臉！我馬上擦！」

「沒關係，我不在意。啊，你該不會不曾牽過女孩子的手、談過戀愛吧？」

「當當當當當然有！只不過分、分手了！」

「……真的嗎？」

騙妳的……

春田在心中老實回答，不過對方或許早就看穿他的心思。愈是在意手汗就流得愈多，也不知道視線應該擺在哪裡，整個人心神不寧。光是牽手、光是挽著手臂、光是對情侶來說理所當然的舉動，就讓春田難以平靜，更別說臉頰發燙，從剛才開始就無法把搔弄鼻尖的頭髮撥開。可是瀨奈看起來似乎完全不在意，還看了一下手錶：

「我們走吧，要當個稱職的男朋友喔。如果他問起什麼，不用回答也沒關係。」

「耶！」

「要表現得帥一點喔。」

「好！」

貓腳尖靜靜踏出，慢一拍的春田也跟著邁步。

感覺瀨奈豎起幻影尾巴捲上春田。兩人的腳步以同樣的速度緩慢搖晃前進。分開的腰部快要撞上時，看不見的尾巴就會纏上來，彷彿在說「跟好」。春田調整步伐，讓兩人的腰部緊緊靠在一起。

春田覺得嬌小的瀨奈似乎可以整個抱在懷裡，於是順著尾巴的引導，戰戰兢兢放開牽住的手，放在瀨奈的肩膀上。正如同他所料，瀨奈的身體正好收進懷中。身體靠在一起，隔著衣服也感覺得到對方的體溫。

「……這、這樣看來會太親密嗎？」

「沒關係。」

春田好不容易解決手汗問題，總算恢復呼吸。

瀨奈以平靜的眼神看著咖啡廳入口，表情沒有任何改變。

然後兩人以旁人看來極為甜蜜的姿態，走上露台階梯。春田打開玻璃門，領著瀨奈進入店內。

「歡迎光臨。」

喔，果然立刻出現一名型男店員——如此心想的春田正準備開口說兩位的同時——

「啊——」

春田注意到型男店員看著自己身旁的瀨奈。對方比身高一七八公分的自己還要高上許多，雖然體格看起來削瘦，但是捲起的襯衫衣袖露出的手臂滿是肌肉。自然不對稱豎起的頭髮很帥氣，滑順下巴殘留的鬍渣也很帥氣，真的很適合漆黑的襯衫長褲打扮。如此的型男看著瀨奈，春田知道他還眨了好幾次眼睛。

瀨奈說聲：

「……咦？唉呀，亮輔今天當班？糟糕，我忘了……對不起。」

哇啊，突然出現的型男，居然就是那個亮——亮作先生。嚇了一跳的春田忍不住——

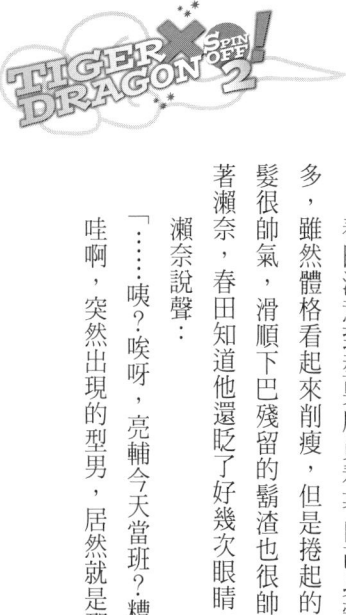

「你好～～！咻～～！帥～～哥！」

乓，啾☆以食指比出槍的動作伸向亮什麼先生……這個舉動會不會有點蠢？現在想到已經太遲了。型男一句話也說不出來，接著遭到槍擊的胸口茫然看著春田。

「……討厭……真是的……」

瀨奈擺出測量自己體溫的姿勢，用手遮住自豪的額頭低下頭，接著彷彿是要甩開什麼似的猛然抬起頭：

「……正好趁這個機會介紹一下，他是我剛開始交往的男朋友。你很驚訝吧？他還是高中生喔……春田，這個人呢，單純只是我的大學同學。」

瀨奈乾脆地說出「單純只是」。好厲害——春田因為受到太多驚嚇而說不出話來。

「……今天店長在，私事等到學校再說。歡迎光臨，這邊請。」

這回輪到瀨奈沉默。亮什麼先生對於瀨奈的話絲毫沒有動搖，忠實扮演時尚咖啡廳型男店員的角色，以完美的笑容為兩人準備並排的座位，並且端來水杯。看來店內沒有提供溼毛巾，菜單則早已擺在桌上。

現在只好先坐下。瀨奈和春田兩人什麼都沒說，只是看著菜單。這段期間有其他的客人起身買單，亮什麼先生帶著微笑前往收銀台。

「瀨奈……那個人好像很正常地在工作……」

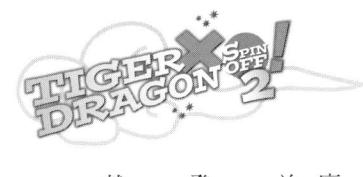

「……我要咖啡。春田呢？」

「啊？呃，那我要柳橙汁……話說回來……」

「不好意思，我們要點餐。」

瀨奈打斷春田的話，叫來附近不是亮什麼先生的店員，點了咖啡和柳橙汁，並且喝了一口水，用手指梳了幾次頭髮。突然把大包包擺在腿上，粗魯地翻著裡面的東西，把記事本、手機、錢包擺在桌上。然後又喝了一口水。

記事本裡全是摺起來的便利貼，以及夾著的紙片，手機上掛著一堆來自各地的紀念吊飾，總之是收到就掛上的狀態（琉球石獅KITTY還能理解，寫著「日光」的將棋，還有上面印著四國地圖的葫蘆是怎麼回事？）。膨脹的錢包圓滾滾，一定不是因為裡面裝滿鈔票。

這個人果然很邋遢……在春田的注視下，瀨奈再度把記事本、手機和錢包收進包包裡，應該說一股腦丟進去。然後再一次拿出錢包，取出混在鈔票裡的皺巴巴收據。攤開、摺起，並且收進零錢包。

她這麼做的同時，視線一直望著櫃檯裡的亮什麼先生。或許她以為自己的舉動沒有被人發現吧。

亮什麼先生往右就看右，往左就看左，就算進入廚房也是痴痴等待他出來。等到他出來就看向桌上的木紋，像是要避開他的視線。

「瀨奈等等……別這樣。」

「……咦？啊！」

「啊，對不起……」

春田想告訴瀨奈別一直盯著亮什麼先生，強行抓住瀨奈移動的臉準備轉向自己。

沒想到手指一不小心戳到瀨奈的眼睛……瀨奈按住被戳的眼睛，不發一語地趴在時尚咖啡廳的桌子上。

「對、對不起，真的……可是我覺得妳別再這樣了～」

「……什麼意思？」

瀨奈緩緩抬頭詢問。春田感覺在半空中焦急舞動的長尾巴，正在拍打自己的臉頰。事實上她只是以被戳的溼潤大眼睛，瞥了春田一眼。

「還問我什麼意思？難道妳自己沒發覺嗎？瀨奈一直在看著亮什麼先生。這樣子幸福荷爾蒙不會出現，根本無法依照作戰計畫進行。」

「……我才沒看他……」

「妳在看。邊玩葫蘆邊看個不停。」

「葫蘆？我哪有那種東西。」

「就掛在妳的手機上。妳連自己的手機吊飾都不清楚嗎？」

瀨奈再度從包包裡拿出手機確認，紀念吊飾裡的確混了一個葫蘆。「這是什麼……」她只是稍微皺起眉頭。

「妳看，有葫蘆吧。妳一直盯著他也是千真萬確的事。這樣一來荷爾蒙不會出來，只會讓對方看到妳仍然帶著滿滿不捨的煩躁心情，完全無法前進。咦，我好像說得太過分了？」

春田注意到瀨奈抓著葫蘆趴在桌上，彷彿快要被看不見的河水沖走，所以沒有繼續說下去。但是——

「不……不會，沒關係。這樣也對，你說得對……沒錯沒錯，我有準備。」

頑強的瀨奈重新振作，收起葫蘆，也不再盯著亮什麼先生。「來，這個。」從包包裡拿出簡介擺在春田面前。草津、鬼怒川等文字躍然紙上，看起來是旅行社的溫泉旅行簡介。

「啊，全裸！咦？這要給我？哇～～謝謝～～！好開心喔！」

封面上泡在露天溫泉裡的模特兒，彷彿正笑著誘惑春田：「嘿，小弟弟……姊姊很溫暖喔……」春田似乎快要墜入二次元世界廣告的溫泉裡。

「……才不是要給你。這是我剛剛在車站那裡拿的。我們一起看吧，假裝計劃一起去溫泉旅行。」

「……啊啊……原來如此……也對……沒道理要給我……這麼好的東西……」

「……如果你那麼想要，等一下讓你帶回去。」

「可以嗎～～？太好了！」

哼著歌的瀨奈和春田兩人靠在一起，開始看起那份簡介。「草津感覺真不錯。」「真不錯～～！草津在哪裡？」「群馬。」「群馬呀～～！群馬在哪裡？」「關東。」「關東啊～～！草津真不錯～～！」「這裡是伊香保。」「真不錯耶～～！在哪裡呢？」「群馬。」「群馬呀～～！咦？群馬？」「群馬。」「群馬似乎很厲害呢！」「不只如此，水上溫泉、猿京溫泉、四万溫泉也全都在群馬。」「咻～～！我開始喜歡群馬了！」「我也是。」「群馬真不錯呢～～！好幸福！」「我也是。」——兩人緊緊靠在一起。

這是什麼——！超像一對情侶——！在傻笑的春田身旁，瀨奈小聲說出感想：

「……和春田說話時，似乎完全不需要用到大腦……」

「咦？這樣說會不會太沒禮貌了！我可不想被連自己有葫蘆都不知道的人這麼說！」

沒辦法當作沒聽到的話，讓春田稍微離開瀨奈的身體。「對不起、對不起……」瀨奈想要和好，春田卻還在生氣。難得與瀨奈之間的氣氛好像一對情侶、難得我對群馬的愛覺醒了，居然說出那種話。

「既然這樣，我就讓妳好好動動腦袋！做做看這個吧！」

「唔哇……」

為了洩忿，春田從書包裡拿出數學講義，還附上自動鉛筆，又說了一次：「做吧！」

「不會吧，這是什麼？唔哇，X、Y……不記得了，我不會，寫不出來，完全不想看。」

「為什麼！妳不是大學生嗎？啊，太可疑了……！感覺起來不對勁喔～～！瀨奈該不會是謊報學歷吧～～！」

「……別說這種會讓人誤會的事。認真起來我就會寫……好，接下來我要認真了……」

送來咖啡和柳橙汁的女店員，以莫名冰冷的視線看向散置桌上的數學講義。不過瀨奈沒有放在心上，現在不是在意的時候。

開始認真的瀨奈皺眉瞪著習題，思考到甚至忘了呼吸，春田也不禁跟著屏息。過了一下子，她終於始動筆——

「哇～～！超棒的！」

「……旁邊還要加上皮諾可……」

瀨奈以只能說是天才手塚附身的精確筆觸，在答案欄裡畫出某個無執照醫生和他的小女孩夥伴。光是四處畫上以斜線構成的影子，就讓氣氛為之一變，塗鴉變成插圖。兩人的模樣從黑暗裡浮現，彷彿正凝視著照耀前方路途光芒的模樣，活生生地躍然紙上。

「真不愧是美術大學的學生……！太感動了！騙人，根本想不到這是用我的自動鉛筆畫出來的……好像用專門畫具畫出來的一樣……超厲害的……！」

「不，這和我學的無關，純粹是因為從小就很喜歡，所以照著模仿。」

「不過還是很厲害！」

春田忍不住拍手，如果可以真想起立鼓掌。或許是春田過度稱讚，瀨奈嘴邊浮現出淺淺的笑容。

就在這個時候。

「——這樣會給其他客人帶來困擾。請不要在店內讀書或是寫作業。」

兩人一起抬頭。那名亮什麼先生以一副店員的模樣（不，他就是店員）站在一旁。接著又小聲補充：

「……出去外面有一家麥當勞，不如去那裡玩吧？本店不適合高中生光臨。」

如果有時間道歉——

但瀨奈連道歉的心情都沒有。

一回過神來，瀨奈已經捉住春田的手。不由分說地拉著他站起來，光是避免忘記、抱住講義和包包等東西就費盡全力，拖著春田走向門口，把兩人合計正好一千圓的鈔票和帳單拋在沒有人的收銀台，沉默離開咖啡廳。

跑下階梯快步走在馬路上，進入車站後面滿地垃圾的小巷子。

「等等！瀨奈！那個，等一下！」

「……今天已經夠了。到此為止。」

「到此為止……這怎麼行？我們什麼也還沒做！再說妳如果因為那麼一點小事——」

「……我說夠了。到此為止。今天到此結束。」

瀨奈沒看春田的臉，也不打算聽他說，只是粗暴地翻找包包。瀨奈的臉在頭髮遮掩之下，看不見她的表情。捉起渾圓的錢包抽出三張千圓鈔票——

「拿去——再見。」

推向春田的胸前。鈔票差點掉在骯髒的地上，春田忍不住抓住鈔票之後抬頭——

「瀨奈！」

瀨奈已經跑著離開小巷子。春田慌忙想要追上去，離去的背影近在眼前，可是他的手中握著三千圓。春田注意到自己拿了三千圓。有股奇怪的感覺——瀨奈給他這些錢的意義。

「到此為止」四個字震撼腦袋，就代表手中這三千圓是春田與瀨奈之間的界線。

無法跨越，也不知道如何跨越。當然不可能叫他把三千圓扔了。就算扔了手中的三千圓，也改變不了瀨奈付出三千圓的事實。瀨奈的心情——那個事實無法改變。

為了畫分界線，瀨奈說過這是打工。春田直到現在才明白，同時再度了解自己的膚淺。

他原本打算慢慢成為瀨奈的男朋友，但是這條線一畫，不就清楚表示瀨奈不給自己任何機會嗎？不過是三千圓的牆壁，愚蠢的自己卻跨不過去。瀨奈早就看穿一切，並且做好準備。

非常不喜歡——明明這麼想，雙腳卻動彈不得。明明討厭這種分開方式，卻無法追上瀨奈。春田認為手中的三千圓，就是瀨奈的意志。此時的瀨奈已經走入紛亂的人群裡。

這就是全部了嗎？只有群馬和無執照醫生就結束了嗎？

春田一個人待在小巷子中傻傻站立，隆冬突如其來的冷風推動他的背，彷彿在說：無能為力的傢伙早點回家吧。他的雙腳禁不住強勁的風勢，卻也無法邁出腳步，只能任由冷風吹動愚蠢的身體。

3

「……有事嗎？」

「不能待在這裡嗎？」

「……也不是不行，只是……這樣我很難吃飯……」

「怎麼會？繼續吃就好了啊。耶～～原來老師午餐都吃外賣啊。那是什麼？看起來好好吃喔～～」

「什、什錦麵……很好吃喔。」

「我是炒麵麵包、奶油麵包和可樂餅麵包。合作社賣的，很難吃喔。」

大口咬下麵包的春田浩次看著班導戀窪百合，也就是單身（30）分開免洗筷，拆開麵碗的保鮮膜，輕輕將筷子伸向什錦麵——

「咦……原來百合是屬於先吃鵪鶉蛋的類型。」

「……有什麼關係……」

在春田的世界裡絕對不可能發生這種事，一般人都是最後才吃吧——春田如此說道。接著莫名心想：突然先吃鵪鶉蛋的人，到底是怎麼樣的班導？就是因為這個原因，所以才會嫁不出去。昨天瀨奈留下他離開之後，他一個人帶著微妙的心情，踏著沉重的腳步回家，之後也沒有任何聯絡，讓他的少年心驚慌失措。不知道該如何發洩的思春期煩悶，偶爾也會把矛頭指向班導。

在午休時間的教職員辦公室二年級導師座位，春田占據單身（30）辦公桌角落，一邊看著班導的臉，一邊喝口自己帶來的烏龍茶。單身（30）不舒服地回望春田，用難以啟齒的語氣小聲問道：

「……春、春田……雖然沒關係，只是……你為什麼要在這邊吃午餐？」

「該怎麼說，我不想待在教室裡……沒什麼心情閒聊。可是我一靜下來，大家又會說我好怪，開始量我的體溫，打算送我去保健室，女生還會拿擤過鼻子的衛生紙丟我罵說：『都怪你怪裡怪氣，害我的手機收訊不良！』……大家都不肯讓我獨處。」

「……原、原來如此。這表示你相當受歡迎……原來如此，所以才會到這裡來……特地選這邊……那還真是……」

「嗯，就是這樣。」

唉呀～～戀窪老師真受歡迎～～和學生一起午餐很開心喔～～這是年輕國文女教師的發言。「謝謝！」單身（30）自暴自棄地用筷子夾住什錦麵裡的豬肉回應對方。

「……既然你在這裡，我就順便告訴你……春田，你前陣子的期中考英文考得很差，要是不補考可能會留級喔。」

「我說百合，這麼說可能有點奇怪～～」

「……你完全沒在聽我說話。」

春田一手握著不想吃的麵包，看向班導的側臉。吸著什錦麵的那張臉和瀨奈完全不同。不是長相的問題，也不是肌質相差十歲的問題，更不是哪個人比較漂亮的問題，不是這些。同樣是生物，看起來卻像不同物種。

瀨奈在春田眼裡，和其他人類完全不同。

「曾經有隻貓，我非常疼愛牠。」

「嗯嗯……啊！搞什麼啊，居然沒放木耳……運氣真差——」

「全家人都很疼愛牠，可是牠卻從稍微打開的窗戶縫隙逃跑了。」

「嗯嗯。」

咻嚕嚕～

「我在說很嚴肅的事，妳別顧著吃麵嘛！這樣還算導師嗎！」

「啊，對不起。可是麵會糊掉……」

「那就算了……原諒妳。至於我想說什麼，呃……百合啊～妳認為那隻貓為什麼會逃走呢？」

「咦咦……這是作夢之類的話題……嗎？那個深層心理是什麼？總覺得好可怕……」

「我不是在說自己的事。不過，唉～就算作夢也可以。妳怎麼看？厚顏無恥活了三十年，應該有許多人生歷練吧？」

「你那是什麼說法……嗯，不過也對。很意外的是即使已經三十歲，還是稱不上什麼了不起的大人，所以我也不知道。」

「咦！妳身為老師居然不知道？」

「不知道。不過……嗯，如果要用老師標準的回答方式來說，就是：『對於管理的反抗，以及自我尋求而出現的具體行動心理。』——想要獨立的年輕人對思春期的不安？類似那樣的東西？大概就是這樣吧？啊——好像在哪裡看過，教育心理學還是哪裡的資料……啊——想不起來，我真的老了。」

咻嚕嚕～

「真的老了……而且答案根本答非所問……」

「啊——是喔，那還真是抱歉。」

咻嚕嚕～

「那麼～我再問一個問題……和不喜歡自己的男生在一起的女生，和不喜歡自己的女生在一起的男生，哪邊比較悲慘？」

「這個我知道！很明顯是男生比較慘！因為女生只要不喜歡對方，就可以毫不在乎地做出過分的事！男生只要不是很討厭那個女生，就不至於做出太過分的事……這樣反而顯得殘酷吧……沒錯！對，就是那樣！春田將來有一天也會變成那樣！啊啊～討厭討厭，男人真是討厭！咻嚕嚕～！咳咳！」

「好了好了，冷靜一點。那麼女生為什麼能夠毫不在乎地對男生做出過分的事呢？因為不喜歡，所以無所謂？」

「沒錯沒錯，無所謂，因為她們只看得見自己喜歡的男生……怎麼了？你該不會被奇怪的女生玩弄了？不會吧——喂——快停止，可別搞出什麼奇怪的問題。我們班上的問題已經夠多了，早就被注意了。」

才不奇怪。

——看到單身置身事外的表情，春田摻雜遷怒的心情感到很不高興。他心想：慘的人是我，真是抱歉。

「……我們交換吧！」

「啊！啊啊啊！我的什錦麵……」

春田趁隙搶走什錦麵碗，用單身（30）剛才使用的筷子大口吃下什錦麵，果然很好吃。春田靈光乍現，既然這樣，他決定整碗搶走，把吃到一半的難吃麵包推給單身（30），一口氣把麵、白菜、紅蘿蔔、豬肉，連藏在碗底的木耳都吃掉。

唔哇——交換午餐。你們感情真好，好羨慕喔——買飲料回來的國文老師又在旁邊起鬨，「我跟你換！」單身瘋狂舞動可樂餅麵包加以回應。

原本以為永遠不會再收到瀨奈的訊息，沒想到在吃完班導的什錦麵回教室的路中，訊息就來了。

＊＊＊

嗯帖帖雷帖雷～～！

嗯帖帖雷帖雷～～！

＃春・春・春田大逃亡～～！不想聽所以摀耳朵～～！好～～像有人在說不愉快的事喔！來背背九九乘法吧！背九九～～打、發、時、間～～帖帖雷帖雷～～！嗯帖帖雷帖雷～～！

（從＃的地方重複）

「……你有在聽嗎？」

「沒在聽！」

春田比出V字手勢加上回答，然後繼續說道：「我在背九九乘法！」「為什麼？」看著春田反問的瀨奈冰藍視線，如同今天的風一樣冰冷。

「因、因為～～該怎麼說，話題好鬱悶，我不想聽，否則連我也會跟著悶……」

「你沒有必要鬱悶，畢竟那是我的事。」

就算妳這麼說——瀨奈所說的鬱悶故事，穿過有點詭異的九九乘法進入春田腦中。事實上春田浩次早就感到憂鬱，接下來大概會嘆息，好想消失……現在不是開玩笑的場合，兩人並肩走在飛舞的枯葉之中，沿途聽到的話題，全部都是會跟著憂鬱的內容。

瀨奈邀約春田來到自己就讀的大學，就位在距離那個髒亂公寓最近的車站，搭乘民營鐵路不到十分鐘的地方。春田原本懷疑穿著制服進入大學校園會不會有問題，或許他看起來像是來參觀學校的考生，所以即使受到熙來攘往的大學生矚目，不過並沒有被警衛趕出去。

春田和瀨奈繼續走在貫穿枯黃草地的寬闊步道，吹過的冷風讓他忍不住縮起脖子。不愧是大學，總而言之就是大。遠處看見冬天枯萎的雜木林，前面一點的地方有幾棟校舍，在校舍入口的樓梯、校園各處的長椅、石造建築物的挑高開放空間，到處都能見到學生的身影。現在明明已經快要黃昏。

「你剛剛如果沒有仔細聽，我再說一次。就是——」

「啊啊！夠了夠了，別再說了！我大致上知道了！」

「……什麼嘛，原來你有在聽。」

「就算不願意還是會聽見～」

——瀨奈說的這件事，發生在某間高中的四名年少男女之間。

首先是兩名少女。她們同班又聊得來，進入高中之後馬上成為好朋友。因為目標同樣是美術大學，因此毫不猶豫加入美術社，在那裡遇到別班兩名交情很好的男同學。四個人同樣都是新加入的社員，很快成了好朋友，集訓、展覽會、校慶……所有活動都是四個人一起參與，四個人也變成要好的朋友。那年夏天，一個女孩和一個男孩陷入熱戀，交情進展到所謂的「情侶」。

升上二年級，剩下的女孩和男孩變成同班同學，偷偷暗戀男孩的女孩好開心。四個人之中有兩個人成了一對，剩下的兩人自然也互相吸引，有了同班這個共同點的他們愈來愈接近。同一年，四人組變成兩對情侶。

到了高三，開始準備辛苦的升學考試。每天都去目標美術大學的補習班上課，整年沒有一天缺席，不斷反覆石膏素描。冬天到了，春天來了，後來交往的情侶考上第一志願的美術大學。先開始交往的那對，女生考到其他的美術大學，男生一間也沒考上，最後進入私立大學的文學系。

即使如此，四個人每到週末假日總會找時間聚會。成了大學生就能在居酒屋裡待到天亮。大家喝著不習慣的酒爛醉狂吐，聊上好幾個小時。或是報告近況、或是聊高中時代的其他朋友、或是聊各自大學的事、或是聊新的朋友、或是聊奇怪教授的八卦，還有新進藝術家的話題等等。哪邊的美術館有什麼展覽、在哪邊看了什麼有什麼感覺、誰幾歲時創作了什麼、自己想創作什麼、自己心中有什麼樣的衝動、要成為什麼樣的藝術家、經濟上有沒有問題、生活與創作如何折衷——文學系的男生在沒人注意到時，靜靜地承受莫大的傷害。

他也想念美術大學，想和有同樣夢想的夥伴一起學習、競爭。但是他考不好，家裡不准他重考，所以沒機會再考一次。他對能否自四年制的大學順利畢業感到不安，也沒辦法選擇專攻美術的方面。從考完大學之後再也沒畫畫，已經無法成為藝術家。他跟不上其他人，獨自從這場競賽退場。

上了大學二年級、三年級，經過春天、夏天，到了秋天，男孩對女孩提議分手，決定拋開和自己所退出的競賽有關的一切，他終於能夠找尋其他東西。女孩受傷了，然後——

「我認為，掠奪也該有個限度。」

瀨奈在圍巾底下的頭髮，隨著吹來的冷風飛舞。身旁的春田將冰冷的雙手插在立領學生服口袋裡，被迫繼續聽她述說憂鬱的故事。

「教人不敢相信……他們才分手兩個星期。我和亮輔擔心她、無法放她一個人，所以每天陪她一起喝酒、聽她哭訴……可是有一天，亮輔對我說他一個人送她回家，說我好像快感冒了，要我先回家……在車站月台上，我看著站在對面月台等車的兩人站在一起，說著我聽不到的事……當時有股非常不好的預感，可是我認為不可能……沒想到預感成真。」

#春．春．春田的……！

……沒用。

春田無法不去傾聽瀨奈此刻彷彿快要被風吹散的微弱聲音。因為實在太可憐了——如果被瀨奈知道自己有這種想法，她會顯得更可憐。

這時瀨奈的雪白側臉因為強烈寒風，瞬間好像快哭出來。春田也看見她的表情。

「……你知道亮輔對我說了什麼嗎？他說其實他從高一就喜歡她，可是因為她和自己的好朋友交往，所以他什麼也不能做。」

「……咦～～」

「她也說事實上一開始喜歡的人是亮輔，但她誤以為亮輔喜歡的人是我……」

「……真的假的……」

「……我無法原諒原本以為交情會延續一輩子的男朋友、好朋友……還有當時愚蠢的自己，所有的一切我都痛恨。」

「……啊嗚……」

春田覺得這個故事好令人心痛，對瀨奈當然如此，身為聽眾的自己也聽得相當痛苦。高中時代的快樂日子變成「恨」，這對還是高中生的自己來說實在太奇妙、太憂傷了。自己果然開始想起朋友的臉。會不會自己的這些日子，有一天也會變成「恨」……

不要，我不要這樣，甚至連想像也不要。春田撥撥長髮閉上眼睛，專注精神喊叫，全力逃避現實：

「唔咻————！群馬————！」

——腦子裡描繪著超棒的群馬縣形狀，是可愛的心型。他不知道群馬縣原本是什麼形狀，可是群馬很棒。草津、伊香保、水上都在群馬，猿京和四万也在群馬。群馬好玩又溫暖，有好多裸體。溫泉很多，溫泉好棒。我最愛群馬，最愛裸體，超超超級愛的心型群馬♡

「啊哈哈哈！想起來就覺得好溫～～暖喔！唔哇～～咿群馬！群馬喔～～！好～～好～～玩～～！瀨奈，群馬很棒吧！很好玩吧！」

「應該很好玩吧。啊、昨天沒有給你溫泉的簡介……對不起……我忘了。」

「沒關係沒關係，改天再拿就好了♡我的心永遠住著熱呼呼的心型群馬♡群馬是我的新娘♡我好喜歡好愛群馬♡我就是群馬，群馬就是我♡不管群馬做什麼我全部接受♡今晚的配菜是群馬的草津♡喵～～♡」

「群馬真是不錯……說到這個，我把昨天的葫蘆丟了。」

「啊…這～～樣啊～～！沒什麼不好吧，反正那東西也很怪！丟掉丟掉！」

「……因為我想起來送給我葫蘆的人，就是那個第三者……我把葫蘆狠狠踩碎、從陽台丟出去了……」

「群、群……群……群……」

……可惡！好冷喔！再用力抱緊我吧，群馬！

春田咀嚼滲入骨頭的憂鬱，突然停下腳步。他發現一群超怪的團體，害他沒搭上腦內特快車「水上」，錯失逃向群馬的機會。

在被瀨奈憂鬱氣息籠罩的另一頭，大約十多名男女在一處寬闊的草坪上，身穿膚色緊身衣一邊敲擊太鼓一邊扭動身體。這個奇妙的景象就連群馬也會光腳飛奔逃跑。

「呀啊——！那是什麼？」

聽見春田的慘叫聲，瀨奈也看向緊身衣軍團：

「喔喔……他們是為了舞蹈課的發表練習吧。」

「可是未免太奇怪了！」

「我想他們就是想表現奇怪。」

「怪舞蹈啊～～！原來也有這種！瀨奈也跳嗎？咻～～超想看！妳絕對適合全身緊身衣打扮喔，嘻嘻！」

「不，我不跳舞……如果時間再早一點，這一帶會更吵。到處都可以看到在唱歌跳舞、練習搞笑、戲劇、相聲的學生……我們學校不是只有教畫畫。也有一堆人試圖從超乎尋常之中找到價值。」

「呀啊……」

怦怦♡胸口的群馬跳動。

在說話的同時，瀨奈的手若無其事地伸向春田的手，柔軟的纖細手指糾纏過來。群馬狂跳。可是不曉得為什麼，有一股冰冷的血液打從心底湧上。瀨奈的手指好冷。

春田忍不住放開她的手。

「……為什麼？」

隱約散發冰藍色光芒的眼睛，靜靜仰望春田的臉。幻象尾巴想要重新纏上春田的手臂。

可是春田逃開了，停下腳步想要稍微拉開距離。

「不，那個，因為～牽手表示……又要做同樣的事嗎？這樣有什麼意義？昨天已經證實完全不行，瀨奈完全不行，明知如此還做同樣的事，會有反效果吧？再說……啊～」

——其實他很想說出昨天分開時的微妙感受，但卻難以用話語形容，只好作罷。沒必要的事情可以伶口俐齒地說個沒完，真正重要的東西卻說不出口，這就是這顆可憐腦袋真正恐怖的地方。

不過在停下腳步的春田面前，瀨奈的表情沒有絲毫改變：

「今天我會更努力，所以才找你過來。別擔心，就算狀況不如預期，我仍然會付你酬勞……昨天的確失敗了。我嚇了一跳，所以亂了步調……像那樣逃出店外，很明顯可以看出我對他還有依戀。我已經反省過了，今天會做得更好。最近就要發表作品，我想亮輔為了完成他的作品，應該還留在工作室裡。」

滴答——就在這個時候，一滴雨滴落鼻尖。春田不禁以張開嘴巴的蠢臉仰望天空。

瀨奈的手指逮到機會，再度用力握住春田的手，搖曳冰藍光芒的視線強烈仰望，彷彿在說：這樣就好，反正是三千圓的工作，你不需要做多餘的事，什麼都不想也沒關係，絕對不准越線。你就想群馬的事吧，我也不會想你的事。

「前面的那棟建築物就是製作大樓……開始下雨了，我們快點過去吧。」

——春田無法逃走。

也搭不上腦內特快車「水上」或是腦內特快車「草津」。

什麼也不能說，什麼也不能做，只能順著瀨奈柔軟纖細的手指引導往前跑。「唔哇，下雨了！」「不妙，沒帶傘！」「不會吧～～？如果到明天還不乾就死定了～～！」——學生仰望逐漸變暗的烏雲，一面發出抱怨一面躲雨。連原本在散步的附近大叔和狗也跟著奔跑。

＊＊＊

瀨奈和春田一同跑在雨水不斷滴落的步道上，彷彿要逃離劈哩啪啦落下的冰冷水滴。兩人終於跑進老舊建築物的屋簷下。

「呼，好冷……這裡就是製作大樓。」

「好舊！」

就連春田看了也知道，建築物老舊破爛到一踏進去就忍不住想吐嘈。天花板的角落滿是黑色黴菌，窗戶玻璃全是一層白霧，所有窗戶都嵌著生鏽的鐵窗和柵欄，成排房門的把手全是晦澀的顏色。彷彿用肉眼都能看見滯留數十年的空氣，這就是帶有古風……這麼說只是好聽，總之就是一棟破爛建築物。

就在他們踏入的瞬間，油彩獨特的臭味和更強烈的刺激——像是強力膠之類的強烈味道便衝擊鼻子。「好臭～～」春田忍不住皺著一張臉，但是瀨奈似乎已經習以為常，表情沒有絲毫改變，毫不猶豫地拖著春田在日光燈閃爍不停，好像快要熄滅的昏暗走廊上前進。

爬上帶有裂痕的水泥樓梯來到三樓，瀨奈停下腳步。按照名字字母排列的數個房間不斷延伸到走廊盡頭。抱著巨大行李袋和畫布，看似大學生的男子從其中一個房間飛奔而出，匆忙下了樓梯。

「……剛才那個人拿的是畫吧？瀨奈也在這裡畫畫嗎？」

「嗯。」

「讓我看～～」

「不要。」

簡短的回應聲響徹昏暗狹窄的走廊。瀨奈稍微看了一下四周，放步在走廊上前進。今天穿的高跟靴子喀喀作響。

亮什麼先生八成就在這層樓——春田看著牽手走在身旁的瀨奈那有耳洞卻沒戴耳環的薄耳朵如此思考。瀨奈今天真的能夠成功裝出交了新男朋友的幸福模樣嗎？

瀨奈能夠確實隱藏自己真正的心意，裝出和我交往的模樣嗎？

「……？」

啊痛痛痛。

好像有什麼東西壓迫胸口。

「怎麼了？」

「……不曉得。我沒～事……」

痛嗎？還是難受？群馬？不知道。雖然不知道，但是每呼吸一次，喉嚨就堵塞一次。如果聰明一點，就能形容這股痛楚的原因、就能理解難受的原因。天生蠢笨的這顆腦袋，就連自己的事也無法理解。悲傷的春田粗暴地抓抓長髮，總之先擺到一旁晚點再想，反正三秒鐘後就忘記了。

3D、3E，瀨奈走到掛著3F牌子的白色拉門前停下腳步，春田知道她的側臉有些僵硬。該不會對方就在這個房間吧——就在春田如此思考之時。

拉門突然從裡面打開。

「……！」

發不出聲音的人不是瀨奈，而是開門的人。亮什麼先生就在眼前。

頭髮用髮帶綁起來，臉上戴著鏡片超厚的俗氣黑框眼鏡，身上是破洞鬆垮的牛仔褲搭配廉價尼龍襯衫，明明是冬天卻光腳穿著按摩拖鞋，皺巴巴的圍裙被顏料弄到看不出原本的顏色。和昨天那個帥氣俐落、一身漆黑的型男店員打扮完全不同，是一副忙到連自己的外表都沒時間顧及，可以用「宅男」來形容的姿態。而且這八成才是亮什麼先生真正的樣子。因為連春田都覺得今天這副隨意的打扮，出乎意料地適合他。

……話說回來，即使如此，同樣掛著黑框眼鏡，為什麼亮什麼先生和能登就是有著天差地遠？能登，你實在太可憐了。

「咻～～喔，今天果然也是型～～男☆真好～～天生素質好的人穿什麼都很適合～～我如果打扮成像你那樣，可就真的難看斃了YO－MAN，Say Ho~Oh~Ho~Oh!Say Ho Ho!Ho Ho!HoHoHo~!HoHoHo~!醜男IN THE HOUSE－喔唔～～！」

春田不禁搖搖晃晃朝型男走去，卻因為手被緊握而回神。對了，現在不是和型男攀關係的時候。

春田身邊一身銀毛的美麗暹羅貓，正優雅地舞動長尾巴——瀨奈轉過柔軟的細瘦腰身，貼在新男朋友身上撒嬌：

「……真巧，你在這裡工作啊。我們真常碰面，昨天也是……才想著別再和你見面，反而經常遇見。」

亮什麼先生一句話也沒說，看了一了眼春田的臉，又凝視瀨奈的臉。瀨奈擺出自然的笑容回望他，只有春田透過緊握到發痛的手指，知道她內心此刻的動搖。

「休息嗎？去買咖啡？便利商店？外頭正在下雨喔。」

「……什麼真巧，妳明知道我在這裡。」

「咦？討厭，我不是來找亮輔，也沒想到你會在這裡。我以為是美紗子，她們也在這裡製作作品不是嗎？我們約好了要喝茶，所以過來找她們。」

「帶著高中生？」

「啊，幸會♡」

春田吐出舌頭打招呼，但是兩人完全無視春田的存在，繼續進行話中帶刺的對話。

「我也想介紹『男朋友』給她們認識。一方面徹底了斷和亮輔的事。她們一定也很為我擔心。春田，我們改天要去溫泉吧？」

「咦？溫泉？那是什麼？」

過了整整五秒鐘，靈光一閃的春田終於理解。對了對了，群馬的簡介、裸體、溫泉，我們是這麼假裝的。他握緊瀨奈的手把她拉過來：

「啊～～群馬群馬！對，我們要去群～～馬！因為我們愛群馬～～！對吧，瀨奈！」

啊哈哈哈哈！

——悠哉的笑聲響起，可是沒有任何聲音呼應。連提出溫泉這回事的瀨奈也笑不出來。

幻象貓尾在空中緩緩搖動。

亮什麼先生的眼睛帶著可謂恐怖的嚴厲目光：

「……管妳溫泉還是什麼都好。可以別再跑來工作室打擾我了嗎？專注創作之後，好不容易能休息一下，妳卻這樣跑來，要我接下來怎麼繼續？妳以為我還能夠找回同樣的情緒創作嗎？妳的提交日期也是同一天，應該很清楚我現在的狀況有多糟糕吧？」

「我沒打算打擾……」

「妳已經打擾了。前陣子也是哭著糾纏，害我來不及提出指定習題……如果我被當掉，妳要怎麼賠償我？每次和妳見面妳就哭，占用我的時間，去見妳又要浪費幾個小時，害我展覽會的作品也遲交，今天還被警告了！說三年級學生裡面就屬我最危險。」

「……不會吧？對不起，我不知道……」

「妳當然不知道。妳是眾所期望的學生，指定創作又獲得指導、和教授一起完成……妳怎麼可能會知道我的感受！」

春田因為耳邊突如其來的大吼，忍不住縮起肩膀。身旁的瀨奈好像凍結一般動彈不得。亮什麼先生用力把某個東西甩向她的腳邊——是他原本握在手裡的五百圓硬幣。硬幣在地上跳了一次之後滾個不停，發出「鏗！」一聲碰到牆壁。

「……夠了！我知道了！那麼我不會再和她見面！和她一了百了，這樣可以嗎！這樣妳可以別再來煩我嗎！沒錯，我、我們是壞人！妳恨我們背叛妳，所以一直來干擾我！那些都一筆勾銷！我想要集中精神！我現在不想去想其他事！」

亮什麼先生粗魯地抓頭，卻仍然抑制不了焦慮而扭曲臉龐，連髮帶掉在地上，被按摩拖鞋踩到都沒發現。

瀨奈依然僵在原地。那天沉入混濁河水、拍打水面痛苦掙扎的白皙手臂突然重現在春田腦海，他忍不住緊握瀨奈的手，甚至想要就此拉著瀨奈逃開。可是他辦不到，瀨奈的腳沉重地彷彿埋進泥巴裡，完全動不了。

真是失算，這下子大事不妙，亮什麼先生發飆了。瀨奈似乎踩了不該踩的地雷——就在春田如此心想之時。

來了，靈光乍現。

「……我說～～等一下。」

春田向前踏出一步保護瀨奈，站到亮什麼先生面前說道：

「亮……亮作先生？你說的話有點奇怪喔～～？一邊說不想思考其他事，卻有時間換女朋友？再說～～你把一切全部歸咎是瀨奈的錯～～但你沒說因為有指定創作，所以無法見面吧？如果好好說明，瀨奈應該也不會勉強你，為什麼你不說明？再說，瀨奈又沒鎖著你或是監禁你吧？是你自己決定不做作業跑去瀨奈那裡不是嗎？因為指定創作或是作品進行得不順利，就把一切歸咎給瀨奈，這算什麼？感覺好像是遷怒喔～～」

亮什麼先生的眼睛第一次直視春田的雙眼，眼裡帶有類似殺意的色彩，但是一點也不恐怖。小高高笑容滿面的表情比這要恐怖百倍。如果玩真的，掌中老虎的憤怒更是恐怖千倍。

因為老虎是真正的怪物，是可以轉為軍事用途的恐怖生化兵器。春田以張開嘴巴的蠢臉直視亮什麼先生的眼睛，「話說回來～～」繼續說下去。

他終於注意到自己對於亮什麼先生自以為是的說話方式莫名不爽，也注意到自己似乎進入壞心眼模式。

「這一連串的騷動，歸根究底還不都是亮作先生引起的？瀨奈雖然不斷吵著要去死，做出一堆煩人的事～～可是如果你能誠實，她有必要這樣嗎？畢竟在一群朋友之中換女朋友，一定會引發問題的。明知道因為指定創作之類的事會很忙碌，卻引發這場騷動，最糟糕的人是你吧。把事情搞成這樣才想簡單善後？你以為那麼輕易就能如願嗎？順便告訴你，被你耍得團團轉的瀨奈，可是從來沒有創作創作的鬼吼鬼叫～～她絕不會說：『指定創作忙得要命、男友卻劈腿、被人搶走，我的創作該怎麼辦～～』……真正有才華的人才不會為了這點小事模糊焦點吧？也就是說，為了這種事驚慌失措、搞到快要被當的你……」

啪！

——耳朵附近響起一道聲音。

「……唔哇，男人之間居然打巴掌？好遜喔～～」

一點也不痛，老虎用來代替每日招呼的掌嘴可是強多了，幾乎會讓腦袋麻痺。巴掌比身高一百四十公分的高中女生要弱的傢伙，還算是個男人嗎？

春田露出笑容。

瀨奈噓了一口氣。

一隻手牽著春田，瀨奈像個漏氣的人偶慢慢癱坐在原地，表情好像挨打的人是自己。

春田連忙蹲下，「要不要緊？怎麼了？被打的人是我喔？妳撞到東西了嗎？」愚蠢地反問，想要湊近察看雙手遮住的臉。

亮什麼先生的發言終於不再針對春田：

「——妳就是為了讓他說出這些話，才把高中生捲進來的嗎！妳到底在搞什麼？這麼做不覺愚蠢嗎！」

「……我、們、在、交、往。」

臉色變得蒼白的瀨奈，以彷彿失去動力的機器人動作抬頭，眷戀地凝視亮什麼先生的臉。亮什麼先生反而滿臉通紅、有如詛咒一般低聲說道：

「隨便妳。話說在前頭，妳會因為青少年保護法而被逮捕。想被警察抓去也隨便妳，但是別為了自己方便，就把小鬼捲進來！」

瀨奈原本牽著春田手指的右手滑落在地。「……啊——」過了幾秒鐘才反應過來，這個細小聲音是哭聲。瀨奈起身往前走，春田也連忙站起來，轉頭想對可惡的亮什麼先生說上幾句，但是工作室的門早已關上。

算了。春田回頭追上瀨奈。一下子就追上邊哭邊走的瀨奈。春田無法觸碰她的身體，還是陪在她身邊一直走。

淋溼身體的雨像冰一樣冷。

天氣預報沒說今天會下雨。

街道上來往的行人都沒有帶傘，小跑步從瀨奈和春田身邊經過。

＊＊＊

抵達公寓時雨已經變小，瀨奈也不再哭泣。

結果春田又進入瀨奈房間。這樣好嗎？他有些不舒服地撥弄溼髮，坐在雜亂房間裡僅有的靠墊上微微發抖。

身體被冬雨淋溼，感覺連身體深處都凍僵了。春田不停摩擦失去感覺的雙手。

我先去洗個臉——瀨奈進入盥洗室已經超過十分鐘，也沒聽見淋浴的聲音。

還說要讓亮什麼先生看到幸福的模樣，結果變成確定分手。搞不好這個結果是忍不住多說幾句的自己造成的。所以就算覺得冷、就算不舒服，春田也無法離開。因為他擔心大事不妙。瀨奈哭成那樣，加上還有跳河的前科，會感到不安也是理所當然。

「啊……要、要不要緊……？」

聽到門把的聲音，春田連忙轉頭。

瀨奈就站在那裡。

在沒開燈的昏暗走廊上，被雨淋濕的頭髮仍舊潮濕，身上只圍了一條浴巾。

「……不會冷嗎？」

瀨奈的頭髮貼在臉頰上，緩緩對春田點頭。

「……呃……會感冒喔……」

「沒關係，這樣就好，無所謂。」

春田看著雪白腳踝緩緩朝自己走來。套房很窄，瀨奈只走了幾步，就來到春田面前。

燈沒開。春田雖然想開燈，卻不知道開關在哪裡。外面已經天黑，不過旁邊量販店的看板燈光透過窗子照入，將雜亂的房間照成一片廉價的藍色。

瀨奈的臉頰也染上一層藍色。

「……去洗澡吧，我是說真的……我也想洗澡，冷到快死了。」

「我也很冷，不過沒關係……你也是，雖然冷也沒關係，不會死的……我不會讓你死。」

瀨奈的房間幾乎看不見空地，因此當她跪坐下來時，膝蓋就在坐在靠墊上的春田面前。

蒼白臉蛋浮現在藍色燈光裡，睫毛的影子落在臉頰。瀨奈抓住春田的手腕，她的手比冰塊還

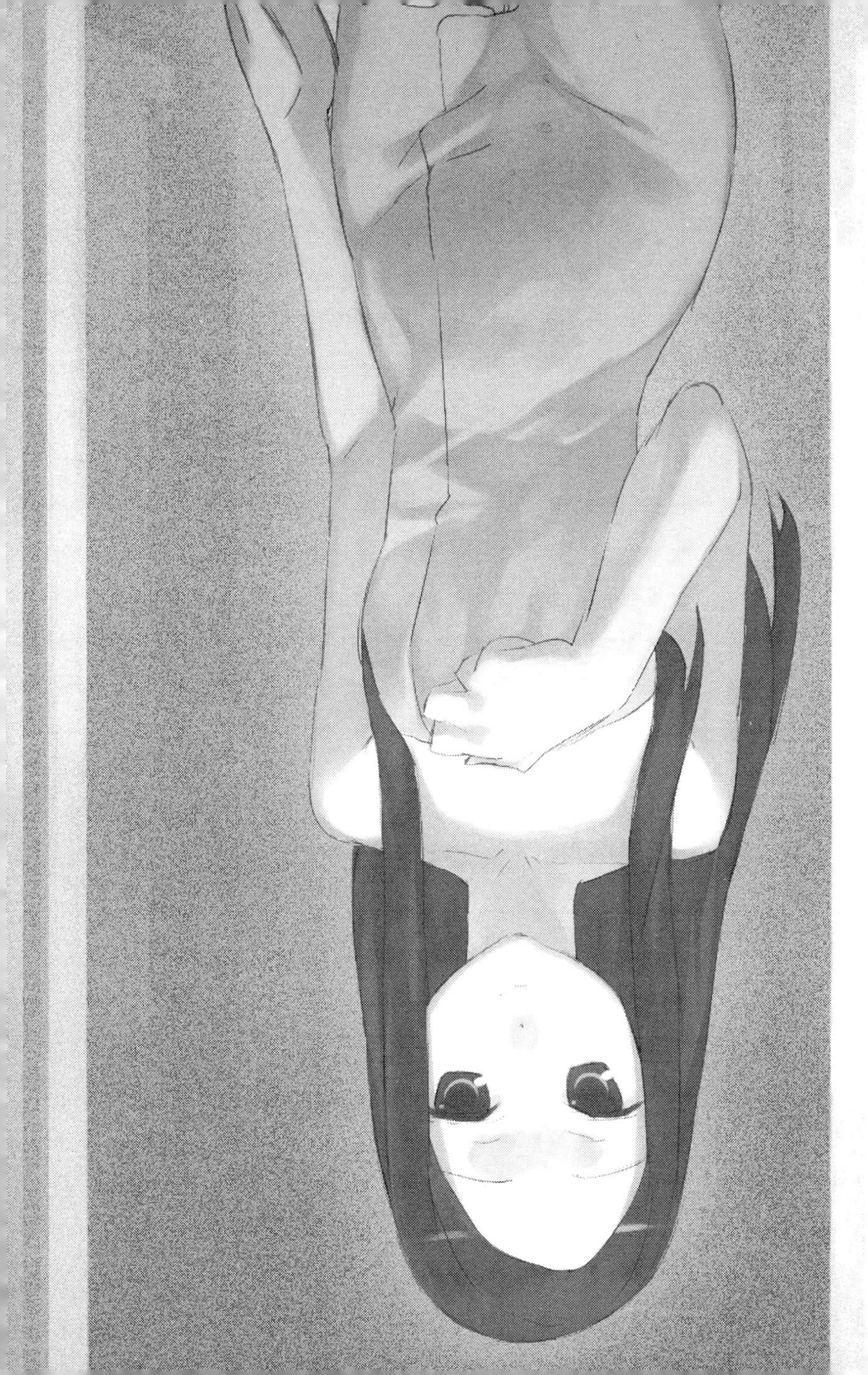

冷。因為這個動作，原本捲在身上的浴巾滑落到腰部以下。

春田的脖子後側僵硬顫抖。

喀噠喀噠發抖，下巴僵住，無法呼吸。

看到胸部了……

這個蠢蛋光是要說出這句話就用盡全力，聲音丟臉地沙啞顫抖。瀨奈的味道和體溫，從要做什麼都行的極近距離散發出來。發著藍光的銀色頭髮貼在肌膚上。

春田被瀨奈的雙臂環繞，一眨眼就被拉過去。被自己壓住的瀨奈身體十分纖細，甚至讓春田感到害怕，於是用手撐著地板，反射性地想要起身。可是這個邋遢的房間裡，連伸手支撐的地方都沒有。成堆的素描簿倒下，兩人不由得一起翻滾避開。

然後——

「……違法的淫亂行為……只要不說出去，就沒人知道……」

——接著。

黑暗中瀨奈的聲音聽來很沙啞。以全身重量坐在春田身上的瀨奈，身上一絲不掛。浴巾早就不曉得掉到哪裡去。

湊近的大眼睛在外面射進來的光線映照下，搖曳著冰藍色。

互相觸碰的肌膚，還有她的眼睛，全都教人感覺冰冷。

年長的美女一絲不掛地誘惑自己，簡直就像作夢一樣，春田或許有好幾次都希望這種事成真——如果就此躺下，她會實現我的願望。

既然是個笨蛋就別多想，一切順其自然。搞不好這才是聰明人的做法，也許很棒，也許那才是正確答案。

瀨奈的氣息爬上脖子。

指尖畫過臉頰。

瀨奈柔軟手指的律動，感覺好像作夢一般舒服，身體快要失去力量……可是，我果然是個笨蛋。

因為笨，才會讓事情失控至此，才會無法順著情況發展，趁機取得好處。笨蛋只能明白當下發生的事。

沒錯，眼前並非瀨奈的裸體，而是這樣下去就無法「越線」——這是唯一的冰冷現實。

「……戀愛真的很辛苦……」

「……咦……？」

「……亮什麼先生根本不是好東西……瀨奈自己也很清楚，卻還是這個樣子，想要吸引亮什麼先生的注意。瀨奈現在的舉動就和跳河一樣……在演過新的男朋友之後，接下來是要我扮演投河自盡的泥巴嗎？」

瀨奈手指的動作突然停住。

春田仰望天花板，以沙啞顫抖的聲音繼續說道：

「……瀨奈，動腦思考吧，就算只有一下子也好。也想想我……別對我做……那麼過分的事……把我當作泥巴，我很受傷喔……」

春田沒有看向瀨奈的眼睛，只是一直凝視天花板。好想回家。

好想快點回家。想回家想回家，好想回家。只是這樣。就像悲傷寂寞的迷路孩子，不安害怕地拚命找尋回家的路。

「啊～～啊，早知道不要提這個爛主意，我已經什麼角色都不想扮演。我就是我，我不想和瀨奈一起了。」

「春——」

好想回家。

春田推開瀨奈的身體，不曉得什麼時候解開的立領學生服釦子任由它打開，套上鞋子從玄關門跑了出去。

「等等！等一下，對不起……對不起！」

聽見瀨奈聲音而轉頭的瞬間，春田看到在半開玄關門後面，因為一絲不掛而無法追上來的瀨奈蒼白臉頰。一瞬間腦袋好像爆炸似的閃現一片白光，愈來愈莫名其妙，等他回神時已經大喊出聲：

「瀨奈是笨蛋！不用跟我道歉……思考吧！想想自己，也想想我！好好想想……！因為我也很笨，所以明明有一堆事要想，我卻裝作沒看見！結果才會遭受這種下場！遇到這麼慘的事！直到最後還被當成呼喚亮作先生回來的餌！就算妳覺得那樣無所謂，可是在仔細思考之後，應該就會明白自己也不喜歡那樣！而且要我當泥巴……怎麼可以這樣……！瀨奈清楚自己在做什麼嗎？反正妳什麼也沒想吧！喂！算我求妳了！好好仔細地想一想……！妳這樣還算是大人嗎！」

「對不起，對不起對不起對不起……對不起……對不起原諒我對不起對不起。」

瀨奈一邊哭著，一邊打算全裸踏出玄關。

「別過來，笨——蛋！」

沙啞著聲音喊出最後一句話，春田轉身一口氣奔下樓梯。

離開公寓的他就這樣不斷全速奔跑。

在小雨之中奔跑，朝自家方向前進，甚至忘了腳踏車還放在車站，就這麼一直奔跑。

可是風實在太冷，雨實在太冷，他在半路停下腳步，蹲在便利商店的屋簷下。好冷、喉嚨好痛、頭暈目眩、好冰、什麼也不知道、只想回家，還是到不了家——還不能回家。

春田拿出手機，打電話給在這種時候最應該求助的人。對方在響了五聲之後接起電話。

「……百合……」

『……咦！喂？春田嗎？唉呀，怎麼會打我的手機……啥？你該不會是偷東西了吧？』

「……百合，那個，我問妳……嗚……」

『怎怎怎？什、什什？什麼！怎麼了？你在哭嗎？被恐嚇了嗎！』

「那個——那個——我想起來了，暹羅貓不是跑掉不回來，而是死在別人家的地板下……為什麼牠在死之前要離開？因為牠認為我們是人類，幫不了牠嗎？不希望接受我們的幫助嗎？為什麼要那麼小心翼翼地……畫清界線呢？」

『我聽不懂你的意思！總之老師現在就去接你，你待在原地別動！你在哪裡？不要動喔，我馬上就到！現在就出門！』

「……不用來也沒關係……沒關係，百合，告訴我……暹羅貓似乎也知道自己要死了，但是為什麼要從人類身邊逃開？只要告訴我這件事就好。我想要自己找答案，可是我的腦袋不好想不出來。所以拜託妳，幫我想想，妳是老師應該知道吧？」

『咦咦！唔哇～～怎麼辦，呃……呃……嗯～～那個～～呃……我想可能……會不會是暹羅貓覺得自己死掉的樣子，被人看到不好呢？』

「……不好……？」

『也就是說，牠知道如果被人看到自己死掉的樣子，人類會為牠難過。』

「……那是……最後一條線？貓不希望有人悲傷，不願讓人看到自己死去的樣子，於是畫線不讓人跨越？」

『那應該是貓的回報吧？你沒想到動物這麼講道義吧……啊——我想起來了，以前老師家裡的狗也是——』

「那個故事就免了。」

『……喔，這樣啊……』

「……可是我也想看到牠死的那一刻。看到雖然很難過，但是如果看不到，會害人一直尋找啊。一直掛念、擔心牠是不是怎麼了，一直這樣……一樣也很難過啊！看不見就會忘掉，貓的這種想法實在太膚淺了。人類的愛不是只有這樣，為什麼不懂呢？反正終究要離別，包括死掉那一刻在內的所有姿態，都應該讓人類看到……如果喜歡上了，教人怎麼願意隱藏呢？逃走不讓人看見自己死掉的樣子，總覺得、總覺得會不會太看不起人類了！真想說……給我好好想清楚！雖然即使說了，也不曉得對方聽不聽得懂……」

『啊——對了，說到動物。這麼說來，以前在我老家旁邊牧場裡的牛——』

「……那個故事我也不想聽。」

『……喔，這樣啊……』

——自己也搞不懂是什麼意思。

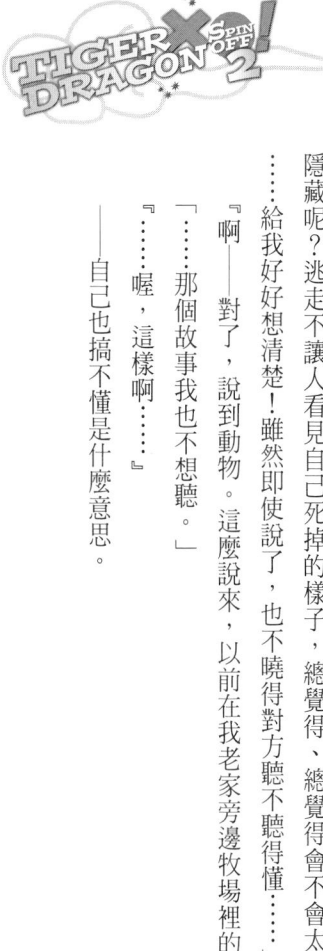

已經十七歲的春田浩次，在便利商店的屋簷下，對著班導哭個不停。

然後得了重感冒。

4

直到退燒能夠起床，已經過了整整三天。

星期一春田戴著口罩現身學校，貼心的同學說聲：「連春田都會感染的感冒病毒……！」之後，便為了躲避細菌跑開，連桌子都搬得老遠，全體避難。也多虧如此，他避掉必須用還在痛的喉嚨，解釋聽來很像藉口的憂鬱原因。單身（30）也把那天莫名其妙的對話擅自解釋為「發燒，再加上你是春田」，沒有追問什麼。

只有好朋友小高高一個人非常囉唆，不斷叮囑：「擤過鼻子的面紙丟進袋子裡之後，袋口要牢牢封住！病菌會透過垃圾汙染空氣！」「用我的漱口水漱過口之後會舒服一點。」「差不多該換口罩了，我的拿去用吧。」「吃橘子。」「吃喉糖。」「喝柚子茶。」他本身也是以口罩加手套的全副武裝打扮照顧春田。

今天一天就這樣結束。腳踏車怎麼辦……必須去牽車……咳咳。春田一邊無力地想著這些事，一邊走出校門。

「——啊，出來了。」

「唔啊！」

校門柱子後面有個人穿著緊身牛仔褲、運動鞋、套頭毛衣、針織外套搭配針織帽、戴著口罩站在那裡。白色針織帽底下透著銀色的長直髮垂落胸前。

瀨奈雙手插在口袋裡，眼神彷彿會發出貓叫聲的她說道：

「……口罩。怎麼了？感冒？」

我才想問妳為什麼戴著口罩？感冒了嗎？如果春田的喉嚨沒事，他一定會認真發問。可是春田不曉得該如何回應，他還沒忘記那一晚的事。

「那個……我還不曉得該和妳說什麼……」

他退開一步，和瀨奈保持距離。戴著口罩遮住嘴巴的瀨奈看到春田的反應，突然——

「……對不起，真的……」

「啊？喂！」

瀨奈深深低頭鞠躬，頭都快要碰到膝蓋。放學回家的其他學生經過他們身邊，紛紛驚訝地看著兩人。這也是理所當然，有個年長美女對全校聞名的長毛帽T笨蛋道歉，這種情景可不是隨便看得到的。

再說美女低著頭，眼眶通紅，口罩底下一定是快哭出來的表情。

「……我真的做了很過分的事。真的沒有用大腦思考……在那之後我想過了，一直在想。對不起，真的對不起，對不起……」

「妳真的……別這樣～真的……別哭～～」

瀨奈用指尖擦拭眼角，終於抬起頭來，眉毛彎成八字形，凝視春田的視線今天也搖曳美麗的冰藍色。

「……我才應該道歉……」

為什麼？春田沒有自信好好回答如此反問的冰藍色視線，只好緊咬口罩下面的嘴唇。

昏睡期間他也一直在思考。想著想著，他在自己心情中找到的唯一真實，就是極度苦澀的後悔。

自己拋下一絲不掛的瀨奈離開，從傷痕累累的瀨奈身旁逃走，那天的他沒有接納瀨奈的度量，也沒有度量如她所願變成泥巴，更沒辦法在喊完「我就是我」之後，還能清醒地擁抱瀨奈。

明明只要毀掉瀨奈畫的界線，伸手抱緊她就好——苦澀的後悔和感冒病毒狼狽為奸，不斷地在春田體內滋生、侵蝕他的身體。

如果分離是兩人註定的命運，面對利用自己並且轉身離去的瀨奈，春田也必須忍住自己的悲傷，這才是「越線」的唯一辦法。吵著要對方別畫線當然簡單，但是要跨越畫出來的界線，只有靠自己想辦法。就算是勉強自己，也必須更加深入了解瀨奈這個麻煩女人。

可是，春田沒有這麼做——那一晚的春田辦不到。

瀨奈偏著頭，雙手插在口袋裡對他聳聳肩：

「……因為傷害你，所以我也遭到天譴……從那天之後一直重感冒……發燒昏睡。」

因為退燒了，所以來見你——接下來的聲音仍然沙啞。

「來見我……」

「嗯，我來是因為我想過，並且決定了。」

「這樣啊。」

她聽我的話想過了。

春田朝瀨奈走近一步。

瀨奈聽話想過了。她想過，也承認畫界線是個錯誤。為了好好分離，所以回到開啟的窗子，打算取消春田無法跨越的那條線。

既然如此，我也必須做我該做的事。必須凝視取消的那條線前方——也就是別離的瞬間。不管心有多痛有多苦，仍然必須為了這次的再會、最後一眼的問候感到開心才行。

瀨奈為了我，撤回「到此為止」的界線。可以稍微靠近一點，所以她來這裡見我。

只是這樣——只是這樣不就夠了嗎？救命的回禮這樣就夠，已經十分滿足。

「……你可以和我去一趟大學嗎？我不會再和亮輔衝突了。這趟不是去找他，我有東西要給你看。有個東西希望你能看到。」

絕對不會做奇怪的事——瀨奈從口袋伸出雙手，手上戴著與帽子相同的針織手套。這樣子她就沒辦法勾住自己的手指，也不能偷偷解開立領學生服的鈕子。

「YES！好啊！」

口罩底下露出愚蠢的微笑。

他要堂堂正正地以笑容迎接與瀨奈分離的那一刻。

＊＊＊

瀨奈領著春田進入老舊的水泥大樓。爬上樓梯，打開二樓A室的拉門。

「……耶……原來是長這樣……真的好臭……」

「沒辦法，那是油的味道。忍一忍就習慣了。」

正方形的房間和教室一樣寬闊。看來這裡並非瀨奈專用的房間，架子上雜亂堆放好幾人份的畫材和資料，看似個人物品的包包也到處亂丟。只是現在這裡除了瀨奈和春田之外，沒有其他人。

一整面窗戶沒有鐵窗也沒有格子，只嵌著透明美麗的玻璃。燈光也很明亮，不像走廊上那麼昏暗。不過牆壁和天花板還是很破舊，到處都是裂痕。地上踩起來黏黏的，露出的排氣管滿是塵埃。

「這裡遇到地震一定完蛋！瀨奈，那時候要記得從窗子逃出去！」

「嗯，知道了……喲、咻……」

春田環顧創作室並且擔心地震的恐怖時，瀨奈一個人從房間角落的架子，慢慢拖出一張等身高的巨大板子。

「我來幫妳。危險危險！喔哇～～！」

「立在那邊的牆邊。」

好驚人……春田說完之後輕輕放手。放開後又說了一次——好驚人喔。那塊像是板子的東西……是他不曾見過的巨大畫布。

「……你說過想看我的畫吧？這是我能夠讓你看的完整作品。」

「好……驚人啊！」

又說了一次。

不禁心想瀨奈的纖細身體，到底哪裡藏有畫出這幅畫的能量？顏料充滿爆發力地勾勒出驚人的線條，彷彿嫌棄巨大畫布太小一般狂亂激動，簡直像是「舞動」。紅色、橘色、紫色、深藍色，這些色彩狂舞跳躍，破壞之後笑著玩耍。我不跳舞——春田突然想起瀨奈說過的話。當然——瀨奈不需要舞動她的身體，她是能在想像世界裡自由大膽狂舞的女人。

「瀨奈，這個實在是，我……好感動！咻！繼群馬之後的衝擊喔！」

春田轉頭看向瀨奈，接著不解偏頭。她似乎沒聽到春田的稱讚。瀨奈臉上仍戴著口罩，靜靜佇立當場，接著脫下雙手的手套。

嚇。春田開始感到害怕。

瀨奈的十根手指相當驚人，上面全都戴著嵌有銳利石頭的戒指，並且用膠帶固定。小小的兩個拳頭馬上變成手指虎。

「喂！那是什麼？妳要做什麼！」

「……用這個，把這個——」

春田見到她舉起握拳的右手順勢——

「……嘿。嗯，就是想這樣。」

「呀啊——！」岔開雙腿站在原地大叫的人是春田。瀨奈用力揮下的拳頭，在巨大畫布中間偏低劃破一道痕跡。「太好了，辦得到。」瀨奈點點頭，接著是左手戒指拳。畫布發出哭喊般的聲音裂開，瀨奈的拳頭，撕裂瀨奈用顏料畫出的世界。

「等等等、住住住手，妳在做什麼？真的真的真的嗎！好不容易畫好的畫明明這麼漂亮！啊哇哇哇、唔哇啊！」

春田慌張狂跳，拚命捉住瀨奈的肩膀，想要阻止她的破壞行動。可是——

「……沒關係，我已經想過了，也想通了，所以這樣就好，我想要這樣。」

「啊哇哇哇……！」

瀨奈光腳對著裂開的大洞一踹。「啪嘰！」的聲響，應該是木框折斷的聲音。春田已經近乎呆立原地，只能鐵青著臉，旁觀瀨奈自暴自棄的暴力舉動。可能自己也有些害怕。

「這幅畫——」

啪嘰啪嘰！畫布終於倒在地上。

「題目是『未完成』。或許……應該比較像是永續的東西，永遠繼續。」

唰！瀨奈拉起裂開的部分把畫撕碎。

「這幅畫……是在畫亮輔，是我愛亮輔的心情……是戀愛的心，所以我原以為會永遠繼續。永遠未完成，永遠能夠一層一層塗上色彩，永遠喜歡，永遠持續滿溢的思念，永遠能夠在這裡塗上戀愛的心情……就是這樣！」

「噫……住手啊，大哥……！」

嘿！瀨奈跳了起來。

然後用雙腳踏在畫上。

甚至把畫踹到牆上，對著無法復原的畫多踩上幾腳，讓它變成連平面都稱不上的物體。

「所以我要將它完成……破壞之後就算完成。這個形狀就是這幅畫最後的姿態。如此一來我想畫的東西就更加具體。完成了……好像還差一點，再來一下好了。春田，幫我折斷這裡，這根木框。」

「要我來折？才不要！妳事後會不會告我啊！」

「不會不會……這是為了藝術。嗯，藝術藝術。ＡＲＴ。所以快點，這裡好硬。」

「噫——事情一發不可收拾！真的假的？真的嗎……真的要我動手！」

真的。瀨奈點頭。殺了它。連同瀨奈的分身一起殺掉。動手吧！

——我知道了！

「預——備……！喝啊～～！上吧——————特快車水上號！」

春田使出渾身力氣，對扭曲變形的畫來上一記雙腳壓印（註：雙腳踩在倒下對手肚子上的摔角招式）。啪嘰！發出驚人的聲響之後，畫框幾乎變成四塊。到澀川站的全票兩張！春田大叫一聲之後又踢又踹，加以破壞。

「不愧是男生，果然比較有力氣。」

聽到瀨奈開心的聲音，春田更加起勁地殺殺殺！殺了妳，和瀨奈一起殺死瀨奈。永別了，這就是分離。

「還有特快車草津吧——！可惡！搭上去啊！万座・鹿澤口！」

絕不讓妳死在看不見的地方。

也不允許悄悄消失，就此別離。

只要妳說動手，我就動手。用這雙手、這雙腳在我面前殺掉。既然要分開，我就要看到最後。我要親眼看著瀨奈瀕死的模樣。

「瀨奈！這是最後的了！弄破它！」

「喔——！」

春田以雙手支撐瀨奈的屍體。瀨奈助跑——「嘿——咿！」順勢以手肘衝撞。瀨奈摔倒了，春田也撞上牆壁，至於屍體——

「完……完成了啊啊啊啊——！」

——裂成兩半掉在地上。瀨奈開心吶喊，彷彿換了一個人，眼睛閃閃發光地跳躍，大叫幾聲：「太好了！太好了！完成了！」春田也和她一起跳。完成了完成了！藝術藝術！

「從剛剛開始就乒乒乒乒、乒，到底在……瀨奈？」

門一打開，瀨奈和春田同時轉頭。亮什麼先生就站在那裡，看到工作室的慘狀和兩名殺人犯後臉色大變。春田親眼看見型男的臉瞬間變綠。

「妳這是……啊啊啊！不會吧，妳做了什麼？等……等……唔哇啊啊啊！這、妳、瀨奈、這、展覽會的……不會吧！」

亮什麼先生全身發抖，跌坐在地。看起來真的大受打擊。可是瀨奈的表情泰然自若，甚至可以說是十分痛快：

「耶！」

「終於完成了。這就是完成的模樣。完成了……總算變成想要的樣子！太好了！耶！」

春田也跟她擊掌。

「開……什麼玩笑！這……是在諷刺我嗎！」

不是、不是──兩人一起對著亮什麼先生搖頭。瀨奈指著四分五裂的屍體，拉下口罩仔細說明：

「這個真的是作品。我想要這樣表現……我是為了像這樣表現自己才畫的。以這種方式找尋自己，潛入自己的內心，確認自己的姿態，然後實際試著做出那個姿態，我是個必須像這樣親眼確認自己的形狀，才能活下去的人。亮輔也是這樣吧？你應該理解要這麼做才能活下去，我們都是如此……可是這已經不是畫了，立體創作或許也很有趣。」

「……妳……是認真的嗎……？」

「我是認真的。我在思考之後決定這樣做。我現在的心情很好，所以決定把作品結束。

結束之後，我想快點創造下一個形狀，而且下個形狀已經誕生。在我心中有不清楚的形狀，我想見它想到快死掉，好像快要發瘋了。必須快點創作……必須快點。快點、快點……我抖得好厲害……！」

瀨奈緊抱發抖的身體，彷彿在壓抑一湧而上的衝動。此刻的表情，比過去看過的任何時候都要愉快。咻，發現變態——春田看著她，忍不住為她鼓掌。

然而亮什麼先生似乎接受這個說法，反覆說著「總之先……」小心翼翼地撿拾遭到破壞的作品碎片。看到他趴在地上的模樣，春田心想：原來這傢伙也是同類。「必須思考展示方法才行……我是負責展示工作的委員，但是……要以立體方式展出嗎？真的假的……」——春田也忍不住想為亮什麼先生鼓掌。

亮什麼先生或許也是一個了不起的變態。同樣屬於變態，就算不再是情侶，他們應該還是能夠像普通人一般往來。如此一來對於相遇的兩人來說，也是一種快樂結局吧。春田愚蠢地這麼想。

＊＊＊

在說再見之前，春田還有一件事情想問。

「對了——瀨奈，妳真的覺得高中時代的開心回憶全是謊言嗎？」

「……為什麼這麼問？」

兩人站在有些擁擠、沒有空位的電車裡並肩搖晃、看向窗外。天色已經黑了，街燈意外地耀眼。

「……因為男朋友最後被那時的好朋友搶走，那時的男朋友也變了心……不管瀨奈再怎麼變態，遇到這種事還是很痛苦吧。」

「我是變態嗎……？高中時代的快樂回憶、辛苦的過去、痛苦的過去、好笑的事情、和亮輔的事、和那個第三者的事……我不認為這一切全是謊言，也沒想過要忘記。那些全是重要的回憶。」

「妳不是說過好恨？」

「嗯，的確很恨，我到了現在也無法原諒，可是我不認為那是謊言，也不認為如果沒有那些事該有多好。我一直心懷厭惡地懷抱那些回憶。」

「……真的？即使那些事後來讓妳感到痛苦也是一樣？愉快的高中生活最後卻是這種結局喔？」

「嗯。因為回憶是種不斷累積的東西。無論上面疊了什麼東西，底下的也不會消失，更不會改變。而且回憶的顏色有些透明，所以疊在底下的顏色一定會造成影響……這樣層層疊疊的色彩就是我，交疊出來的顏色就成為我……學校有趣嗎？」

「很有趣！因為有趣，所以讓我感到不安～明明是這麼開心，最後是不是也會因為各種背叛和討厭的事而破滅……」

「沒有人知道會發生什麼事。可是不管未來有多麼殘酷、要面對什麼事，回憶仍然不會消失。你現在的『開心』絕對不會消失，不是謊言。那些東西逐漸堆疊出春田這個人。」

「……真的～～？」

「真的～～人類真的很有趣吧……所以才會那麼好玩。大家都是這樣創造出各種顏色，所有人都是這樣創造出只屬於自己的色彩。色彩瞬間改變，這輩子怎麼看也看不膩……到站了，你要下去牽腳踏車吧？」

「啊，對喔。」

在距離瀨奈公寓最近的車站一起下車、穿過出口。雜沓的人群似乎讓不知所措的瀨奈稍微找到方向。

「……那麼改天再見了。要再見喔。下次我們一起吃飯。就用上次的三千圓請你吃飯。」

「咦？妳還願意見我嗎？太好了——！」

瀨奈笑了。被笑也無所謂，因為春田原本相信兩人到此結束。多管閒事救了跳河的瀨奈，無法幫上什麼忙，可是他確實看到瀨奈瀕死的模樣。他沒想過自己還能與重生的瀨奈再次見面。

好開心。打從心底感到開心。怎麼會這麼開心。他不知道自己會有這種情緒。

「超開心的！真的好開心啊！太好了太好了！要傳訊息給我喔，一定喔！我們要再見面！一起去吃東西！」

「好啊。然後找個時間去群馬吧。」

「咻——！群馬？可以去群馬嗎？一起去？真的假的！為什麼——？」

「搭電車去。」

「我不是在問那個！瀨奈真笨啊哈哈哈——☆」

「那個……我想了很多，也低潮了一陣子……突然想到如果和你一起去群馬，一定很好玩吧……然後一個人胡思亂想也有極限，所以上網查了群馬的資料。明明正在感冒……真的很笨呢。你喜歡吃肉嗎？」

「超喜歡！」

「那麼我們去吃上州牛吧。聽說是名產。」

「哇——！上州牛！話說回來咻——！瀨奈居然有電腦，好厲害！那麼亂的房間裡居然有地方擺電腦！超厲害！好像魔法！」

「……擺電腦的空間還是有的……」

好厲害！好厲害！雀躍的春田不停繞圈，然後他發現，而且終於明白。

他戀愛了。

他喜歡瀨奈。

所以才會為了這種小事開心——他好愛為了自己上網調查群馬的瀨奈。

原來如此。

「會再見面！我們會再見面！好開心！還能去群馬！絕對要去喔！」

「要搭電車去，因為我沒有駕照。」

春田好想一直看著瀨奈的笑容，他想用這雙眼睛一直注視瀨奈的銀色毛髮、閃耀冰藍光芒的眼睛、靠著身體的柔軟尾巴。還能夠和瀨奈見面，她也願意見自己。光是這樣春田就幸福到想要不斷大叫。

不是永遠也沒關係。

即使總有一天這場戀情會迎向分手的結局。就算如此春田的開心仍然存在，一層一層累積，不會消失，最後變成自己的色彩。

會變出什麼色彩呢？能夠創造出怎麼樣的顏色呢？太棒了！好了！完工！在想要這麼叫喊的瞬間，瀨奈願意看我的顏色嗎？

希望她願意——春田許下小小的心願。

＊＊＊

「咦……」

「咦什麼咦？妳有在聽嗎？我是認真的！」

那是某天的午休時間。教職員辦公室裡沒必要地大聲響起悠哉的笨蛋聲音。單身（30）抱著外賣的什錦炒麵戒備，同時目不轉睛看著春田的臉：

「因、因為……春田選修美術不是都選書法嗎？為什麼會突然想要推薦甄試，去念美術大學……？」

「因為～～嗯，我戀愛了～～」

「……」

「喂，百合？妳在聽嗎？」

「啊，對不起……我不知不覺數起什錦炒麵的木耳數量……」

「明年會選美術！所以怎麼樣？怎麼樣？導師總有辦法私下運作，讓我取得推薦資格吧？幫我嘛～～！妳是班導吧～～？」

「……這個嘛……就算是班導也有能做和不能做的事……」

「別那麼說嘛！拜託！真是拿妳沒辦法，我懂了！這個奶油麵包給妳！」

「我不要。」

「好啦好啦，別這麼說！」

哇～今天也和學生一起吃午餐啊～真受歡迎，真‧的‧超羨慕呢～年輕的國文老師今天也笑著走過。很棒吧——！單身（30）自暴自棄地握著奶油麵包揮手回應。

「……哪、哪一間美術大學？談戀愛……那是，呃……正在交往？」

「還不到那種關係！不過也是……遲早的事吧？嘻嘻！連結群馬的愛情特快車！」

「群、馬……？對方真的是女生……？是人類……？」

「妳在說什麼！跟妳說過是個美女！我想應該是人類！現在是大三生～我們要是能夠一起上學，那會多開心啊～！呀啊～！」

「好可疑喔……啊？你說今年大三？」

「沒錯沒錯！二十歲二十歲！大姊姊～！喵！」

「……那麼就算明年拿到推薦資格也來不及，你入學那年正好畢業。」

啥——教職員辦公室在數秒鐘裡陷入沉默。然後——

「……唔……哇啊啊……！沒想到命運設下這種陷阱……呀啊——！」

「啊，再說你能不能三年就順利畢業，也還是個未知數。」

「可惡！我要暴飲暴食！」

「啊啊啊！我的什錦炒麵！」

儘管如此。

為什麼從班導手裡搶來的中華料理這麼好吃——春田小心把鵪鶉蛋推到一邊，露出笑容——好好吃，而且週末要和瀨奈約會，真的每天都好幸福，忍不住就笑了。感覺最近自己總是帶著天使的微笑……胸中的群馬也在精神奕奕跳躍，今天當然也是有彈性的心型。

「惡魔！惡魔！午餐小偷！嗚哇——！」

連親近的單身（30）的哭聲也牢牢疊在我的心裡，成為創造我的顏色。想到這裡，春田一點也不覺得吵，與炒麵的美味互相結合，聽起來像是美妙的曲調。

THE END OF 暑假

1

今年夏天，確實不容小覷。

颼……！最後一抹。高須竜兒彎著成長期的背，用力絞乾抹布，有如舔食一般仔細擦拭洗手台邊緣，同時唇邊露出一抹微笑。排水溝與水龍頭的水鏽清除乾淨，恢復成閃閃發光的銀色，地面和牆壁上連一根頭髮、一滴水珠也不留。盥洗室也打掃完畢。當然洗手台上方的鏡子也一樣。

竜兒看向鏡子裡自己的身影，心滿意足地把瀏海往上一撥——真正的高須竜兒已經在鏡中世界斷氣。我殘忍地殺害、埋葬了他。好了，這邊世界的各位，恐怖的人類滅亡惡夢即將開始——他並不是在想這些事。銳利高吊的三角眼由變長的瀏海縫隙暗暗透出慘白光芒，並且釋放狂亂的雷擊，但那純粹只是天生長相。

當事人正在悠哉回想平凡高二男生該有的健康回憶。今年的暑假對竜兒來說很特別，與過去的任何暑假都不相同。海邊的別墅、第一次沒有母親的旅行、幽靈大作戰、意外的反擊，還有隱約看見未經修飾的「她」。

與耀眼到可以用「凶暴」來形容的太陽共同刻劃的夏日回憶，真的不容小覷。

「哼哼～～嗯……♪」

過了今天和明天，這個特別的暑假就要結束，從後天起便是期待已久的新學期。一定有更多令人心跳不已的好事等著，期待它成為這個夏天的後續發展。竜兒一邊哼著歌，一邊撥弄瀏海望著鏡子裡的自己，心想：暑假怎麼還不快點結束？

「『哼哼～～嗯♪』」

「……」

沒有必要轉頭。她就站在盥洗室門口，伸手撥弄瀏海，伸長下巴擺出一張醜臉，哼著同樣的曲調。整齊的下顎牙齒完全突出，帶著惡意模仿竜兒興奮的樣子。女孩的身影清楚倒映在鏡子一角。

「……幹嘛？怎樣啦？」

竜兒透過鏡子瞪著她。

「沒什麼。」

逢坂大河卻挑起單邊眉毛，以嘲笑的模樣把醜臉轉向一旁。

她身穿一件橘色系的棉質清涼格子連身洋裝、光著腳丫，紮起的淺色及腰長髮輕柔搖曳，臉頰和鼻子被太陽曬成淡紅色，外表有如法國娃娃一般精緻——儘管扮出醜臉還是一樣漂亮。端整的美貌和對高二女生來說過於嬌小的身材相比之下不顯稚氣，美麗的整體線條彷彿是用堅硬玻璃雕刻的。

「沒什麼，只是想說怎麼有人這麼丟臉，盯著鏡子興奮不已。」

小巧的醜臉嘴角露出壞心的冷笑。她——在人稱「掌中老虎」，看來可以擺在手掌上的嬌小身體裡，塞滿與生俱來的虐待狂等級暴虐性格，是一種神祕的危險生物。

不知名的因果關係讓大河與竜兒既是同班同學又是鄰居，單戀對象更是對方的好友——簡直就像上天給予的試煉，用來測試竜兒雞婆的本性與善良。獨居的大河是高須家的半個食客，每天的生活幾乎息息相關，一進入暑假更是如此，大河有事沒事就會在高須家現身。

漂亮的臉蛋好像蠶豆往斜下方伸展，嫌惡地拉長下巴開口：

「我說啊，你剛剛這麼做了對吧？『哼哼～～嗯♪』。」

這下子怎麼可能不生氣？竜兒轉頭板著一張臉回答：

「有話就直說吧。」

「沒什麼話好說。不過是這樣吧？『哼哼～～嗯♪』？還是這樣？『嗯哼～～哼唔唔～～嗯！』或是這樣？『哼～～哼唔唔～～～～嗯！』」

到這種地步大概也玩膩了，「啐！」大河兩手一攤，不耐煩地瞪大雙眼。「自己一個人在那邊陶醉到死吧！」粗魯說完這句話的同時，故意抬高雪白的下巴：

「從前希臘有個笨蛋，就是因為陶醉在自己倒映湖面的影子而跌進水裡溺死！他的地縛靈附在風信子上，此刻也引導造訪池邊的情侶分手！你的臉看起來就像最後的香菇……連熊吃了都會暈倒的毒菇！你的靈魂會化為孢子永遠飄盪在這間盥洗室，持續打擊新搬進來的住戶！哇啊！長香菇了！就是這樣！」

從——前——希臘——有個——笨蛋——陶醉——在——自己倒映——湖——面——的——臉——大河以得意洋洋的神情指著竜兒唱歌，打算將每個字用力刺進竜兒心裡……

「哼歌又有什麼關係！」

竜兒避開伸來的手指，直截了當地回應。但是大河連眉毛也沒動一下……

「我的意思是要你滾開，大少爺。」

大河用力擠到竜兒前面，用屁股將竜兒推離洗手台。「妳幹嘛？」竜兒抓住洗手台踏穩腳步不動如山，結果大河反而更用力地想要把身體擠進竜兒與洗手台之間的空隙……

「你到底要占用洗手台到什麼時候？我也要照鏡子！」

「問我要占用到幾時，我剛才是在打掃！妳不會去用泰子房間的鏡子嗎？」

「泰泰在換衣服！再說如果不阻止你，你就會變成毒菇！」

「才不會！話說回來，這是我家的鏡子！」

「哼～～哼～～嗯♪」

「……妳有沒有在聽我說話？」

最後演變成兩人在狹窄洗手台前面，用屁股互相推擠爭奪場地、互不相讓的局面。兩人光腳互踩、以手肘輕撞對方肚子、扭動腰部把對手擠開。最後鏡子還是被大河搶走。

「真是受不了妳——！」

沒辦法的竜兒只好隔著大河在她身後照鏡子。話雖如此，大河的身高只到竜兒胸口，竜兒什麼事都不用做，就能看見自己的臉，不過內心還是感到不甘心。

大河湊近鏡子看著自己的臉，近到鼻尖都快碰到，仔細確認稍微曬傷的桃色臉頰、脖子和肩膀，也確認下巴和額頭是否出油，最後滿意地點頭之後，鬆開以橡皮筋隨意紮起的輕柔長髮，用手沾水梳理睡到變形的地方。大河柔軟的頭髮只需要這麼簡單的動作，就立刻以柔順的模樣垂落背後。

看著她的舉動，竜兒也有樣學樣弄濕自己的手，將頭髮分邊，依照大河的方法試著用手指梳理。脖子附近的頭髮也以同樣方式整理。太硬的直髮沒辦法像大河那樣簡單就能梳理，姑且還是把亂七八糟的髮線弄直。已經很長的頭髮在衣領下緣稍微翹起，現在的頭髮創下個人史上最長紀錄。

「……你什麼時候才要去剪頭髮？」

竜兒注意到鏡子裡的大河，發現她閃亮透徹的褐色眼睛正看著自己。

「頭髮嗎?我要留長,還不打算剪。」

才這麼說完,「噁!」大河立刻在鏡子裡吐出舌頭,臉龐誇張地扭曲:

「你打算頂著那顆頭開學嗎?不會吧!看起來好悶熱!」

竜兒望著她過分的表情說聲:「要妳管!」不管誰說什麼,我都決定讓頭髮保持這個樣子。竜兒看著鏡子,稍微扯扯衣領下緣確認長度。或許真的有點悶熱,但是這個長度絕對比較好。

竜兒這個夏天一直在留頭髮。這個髮型可說是這個「不容小覷」夏天的總決算,也是後天邁向新學期的布局,更是奔向即將來臨的秋天,一個重要的助跑。

竜兒撥弄變長的頭髮——目的是為了改變形象。

他感覺自己過去的髮型太正常了。為了掩飾恐怖的臉,竜兒一直拘泥於要讓自己像個普通學生。可是在大家逐漸不認為他是不良少年的現在,他打算以小幅度的改變迎接新學期。

竜兒打算等到頭髮稍微變長,在不改變長度的狀況下梳成頭頂較短、周圍較長的時髦長髮,看起來成熟又帥氣……他認為此刻令人煩悶的頭髮長度,只是過渡時期。

但是大河故意轉身,由極近距離仰望竜兒,惦起腳尖,用手指頂著下巴,眉間皺起有如閃電的皺紋:

「勸你最好不要!絕~對是清爽一點比較好!我原本想說既然是暑假,就睜一隻眼閉一隻眼，可是你的頭髮一直彎曲雜亂，看了實在很——————」

大河的太陽穴爆出青筋。「大、大河？」竜兒不禁有些不安。

「——令人煩燥！」

大河用盡全力大喊：

「這是我的忠告，是為了你好！我真的是好心才告訴你！」

多謝妳的親切……竜兒伸手挖鼻孔。不過老實說妳真的太雞婆了——這些想法正確無誤地傳遞給大河。

「你的表情是什麼意思！」

「哼嘎！」

挖鼻孔的那隻手肘被大河往正上方撞了一下。啵！地一聲，手指立刻擠進鼻孔，一直到達第二指節。

「……不、用、妳、管！」

竜兒的想法還是不變。他撥開雙頰旁邊的雜亂瀏海，用插入鼻孔的手指指著大河鼻尖。

「嗚咿！」大河誇張地往後一仰，避開遭到汙染的指尖。

「頭髮是我為了造型而留長！到時候會變得很清爽，所以現在這樣就好！」

「造型！馬尾藻昆布地獄造型嗎？」

「才這種長度而已，妳也未免太大驚小怪了吧？妳自己還不是一頭有如海獺睡鋪的超長髮！在這種炎炎夏日看起來才悶熱！」

「我沒關係，既是天然褐色，髮量又不多，只要綁起來就很清爽。」

「喔，我總有一天也可以染色之後綁起來。」

「呀啊！好恐怖啊啊啊！」

「為什麼！」

「你要不要先洗個手！」

「我一點也不認為自己的鼻孔很髒！」

兩人在狹窄的盥洗室裡吵鬧。這時身穿T恤和牛仔褲的泰子探出頭來說道：

「好了～～！你們兩個別再吵了～～差不多該走囉～～！」

泰子沒化妝的臉上只擦防曬，頭戴寬帽緣的棉帽。塗上深粉紅色指甲油的腳邊擺有裝冷凍肉品的保冷袋，超大的超市塑膠袋裡裝著未開封的三種口味烤肉醬，看來已經準備妥當。

竜兒和大河閉上嘴，彼此互換視線——無聊的鬥嘴到此為止，差不多該出門了。

八月三十日下午三點，高須母子&大河一起前往附近的岸邊，迎接或許是這個暑假最後的活動。

＊＊＊

「好驚人……」

「喔！要滴下去、要滴下去了！」

大河坐在長椅上，「唔哇！」一聲快速張開穿著涼鞋的雙腿，手上烤玉米的烤肉醬滴落腳邊。儘管竜兒是個潔癖少年，還沒有嚴重到要擦拭滴在大地上的烤肉醬，不過還是不忘吩咐一句：「別顧著發呆啊。」並且快速確認烤肉醬有沒有滴在大河的連身洋裝上。

「可是你不覺得這副景象真的很驚人嗎？團體的邊界已經模糊了。」

「邊界清清楚楚畫在這裡喔。」

竜兒與大河並肩坐在長椅上，伸出穿著海灘拖鞋的腳，在兩人面前的地上畫出一條線。

那是醉鬼與不喝酒之人的絕對分界線。

雖說已經八月底，季節仍是盛夏。

午後的太陽已經西沉，悶熱的四周瀰漫河水的氣味與濕氣，有股懶洋洋的溫熱。不過灼燒肌膚的酷熱逐漸收斂，原本狂亂的蟬鳴也已趨緩。

寬闊的河邊，與人等高的雜草不停綿延到遠處，緩緩流動的河面稱不上乾淨，而且感覺距離好像很遠。繽紛的陽傘與帳棚在河邊四處展現強烈色彩，幾組捨不得夏天的人們紛紛來到這個開放的空地烤肉。

「那邊大概是毘沙門天國組吧。」

唔呀啊啊啊啊！哈啊啊啊啊啊！嗯啊啊啊啊啊！唔耶耶耶耶耶！大河拿著烤玉米指向發出不像這個世上會有的怪鳥叫聲，吵吵鬧鬧的女性團體。「我想也是。」竜兒看向遠方。

在微帶橘色的陽光照射下，染成金色的頭髮盤起，身穿花色鮮豔的無肩帶平口小可愛、細肩帶小可愛、迷你裙還有短褲。妖豔的雪白肌膚大概是因為夜晚才外出工作，毘沙門天國組每位成員都毫不憐惜地任由陽光曬著肩膀和胸口，烤肉倒是其次，盡是顧著喝酒、喝酒、喝酒，弄到最後──「烤肉暢飲～～！·嘎哈～～！」開始表演起大口咬住啤酒罐，放開雙手任由啤酒咕嚕嚕流進喉嚨。幸好那個人不是泰子。

應該是因為兒子在場所以有些顧忌，牛仔褲加上涼鞋打扮的泰子在稍遠的地方雙手抓著洋蔥串，加入隔壁的大學生團體。兒子定眼注視她在做什麼，只見她和幾名男女學生一起認真轉圈跳著敦盛──「人～～生～～五十～～年～～」──或許誰也不知道正確的內容。基本上泰子究竟知不知道織田信長都值得懷疑。

附近其他團體的爺爺奶奶坐著看他們表演，開心地配合表演出聲喊叫──「哈！」「喲！」「咿嘻嘻嘻！」附近的主婦撐著洋傘側身坐在布上，一手拿著啤酒加入他們。而在鮮豔的陽傘底下，上班族組開心看著毘沙門天國組。各個團體在不知不覺之間融合在一起，渾然天成。彼此不知姓名的人們互相敬酒，交換啤酒與氣泡酒，或是為了某個人帶來的紅酒歡欣鼓舞。

明明沒有讓景色搖曳不定的熱氣，但是裡面的人影卻一個一個搖搖晃晃。幾乎所有人的腳都已經站不穩。

「中午就醉成那樣……真的好嗎？這就是大人嗎？」

竜兒忍不住嘆息，還自暴自棄地拿起紙盤上的肉大口咬下。大河也不服輸地露出門牙，以動物的吃法從側面咬下玉米。

「嗯——！好吃！唉，泰泰他們一定都醉了，帶來的酒也少了一大半。看來我們只好逃避現實多吃一點了。肉不知道烤好了沒有？」

並肩坐著的兩人大口吃個不停，同時還脫掉鞋子，在長椅上光腳盤腿。竜兒和大河的腳背留下整個夏天穿著涼鞋的白色痕跡，這是在太陽底下充分玩樂的證明。

「先別管肉了。那些人等一下還要上班，聽說今天可沒有休息。」

「真的嗎？太厲害了……不過話說回來，我們該不會要全權負責收拾善後吧？」

「不是『該不會要』而是『就是』。不過我很樂意。現今烤肉界不遵守禮儀的傢伙與日俱增，我要三百六十度毫無死角地完美善後，藉此製造一陣風潮。對我來說收拾善後正是戶外休閒活動最大、最精彩的場面，也可以說是高潮之處。」

逃不過酒精的兩個小孩，沒規矩地抬腳坐在同一張長椅上，看著近乎世界末日的光景，決定還是先吃再說。眼前所能做的就是這樣。竜兒用綁在頭上的毛巾按摩太陽穴，擦去流下來的汗。呼──因天氣熱而臉頰發紅的大河或許是覺得陽光刺眼，伸出一隻手擋在臉前。

「哇──喔……真是變態……」

提議辦這場烤肉大會的人，是泰子工作地點的毘沙門天國同事。在夏天結束前，當然要來場烤肉大會！可是如果開車就不能喝酒，所以要挑附近的地方！把媽媽桑的兒子也找來，大家一起烤肉吧！自動變成「高須家第二個孩子」的大河也被算進來，大家分工合作準備肉、蔬菜、酒、木炭、網子等等，竜兒也相當樂在其中。但是……

「要吃肉嗎啊啊啊啊啊～～～～～！」

「兒子啊啊啊～～～～！女兒啊啊啊～～～～！好吃的肉喔～～～～！」

噫噫噫……大河不由自主感到恐懼。身穿黑底上面用金字寫著「SEXY BOMB!」平口無肩帶小可愛的大姊姊，和身穿白底上面黑字寫著「I am crazy!」平口無肩帶小可愛的大姊姊，搖曳著吹高的頭髮，拿來超巨大的肉串。明明已經喝醉還不忘關心是很令人感激，但是她們身上的酒臭味教人差點窒息。

「媽媽桑的兒子和媽媽桑超～～～～不像的！這樣不～～～～要緊嗎？」

「啊……謝謝……」

對方用長指甲戳刺竜兒的臉頰，「呀哈～～！」尖聲笑個不停，竜兒也顯得有些畏縮。在下滑的平口小可愛下，豐滿的雪白胸部幾乎露出一半，彷彿正在對竜兒宣示「SEXY BOMB! I am crazy!」一般不停晃動，還可以看見汗水流入乳溝。不容小覷的夏天就要以此為總結。

竜兒基於思春期所特有的自我意識過剩而導致的潔癖，拚命為了將視線從長輩濕潤的肌膚上挪開而轉身。如果此刻一邊傻笑一邊直盯胸部，不曉得毒舌的大河又要說些什麼。反正八成又是好色狗、偷窺狗、骯髒等等的。竜兒雖然這麼想，不過——

「女兒的皮膚好滑嫩～～～～！好可愛呀啊啊啊～～～～～～！姊姊吃了妳～～～～～～我吃～～～～！」

然後伸出舌頭——

大河也有自己的災難。除了腦袋被固定，還被crazy大姊姊舔臉頰。

「姆啾！姆啾！嗯啾唔唔唔唔～～～！」

「嗯喵喔！」大河被露出半個胸部的大姊姊牢牢抱著腦袋，手上抓著烤玉米發出怪叫，即使痛苦不堪還是無法逃開，任由大姊姊吸吮她的臉頰。大河雙腳拚命掙扎，棉質連身洋裝裙襬掀起露出半條腿，看起來相當危險。

「別再親了！」

大河想辦法要逃離臉頰吸吮攻擊，然後「喔哇！」……卻變成一把抓住眼前的胸部，小可愛滑落下來，陷入雪白胸部的鮮豔粉紅色胸罩蕾絲暴露在太陽下。竜兒也看得一清二楚。

這原本應該是要尖叫的場面，但是常識對於喝醉的人並不適用。兩名大姊姊互看一眼，「嘻啊啊嘻嘻嘻呀——哈哈！」突然拍手開始狂笑，然後互相擁抱、歪七扭八倒在長椅上。

「好、好了！我去拿點水來吧！」

聽到竜兒的話，兩人各自揮舞雙腿，同時回答：「拿酒來！」「給我酒！」……兩個人紛紛脫去高跟鞋，鞋子「咚咚！」掉落地面。

「討厭，連我都要醉了！臉上都是酒味！」

「總、總之先擦一擦！」

兩人穿上剛脫下的涼鞋，逃離不再安全的長椅。竜兒想拿口袋裡的面紙給大河，不過右手是肉吃到一半的紙盤，左手則是SEXY BOMB大姊拿來的肉串，兩手都拿著肉，沒辦法再做其他動作。話說回來——

「這塊肉會不會太大了？這麼大一塊要怎麼處理！」

大姊拿來的肉只是將尚未切片的肉塊直接插在籤子上。表面姑且有網痕，看起來也像撒了胡椒和鹽巴。

因為那個分量而震驚的竜兒傻傻看著肉串。一旁的大河則是——

「……既然如此，只好直接吃了！」

露出有所覺悟的眼神走近肉塊，將自己的手牢牢握住竜兒抓著肉串的手。

「握緊囉。」

似乎有點自暴自棄的大河直接對準肉塊正中央，張大嘴巴一口咬下。竜兒忍不住為她的飢餓程度感嘆。沒想到——

「啊，不行……！」

大河突然冒出假關西腔，在肉塊上留下半圓形的齒痕之後打退堂鼓。

「妳搞什麼？都已經咬了，那就吃吧。」

「這個好像根本沒熟。」

仔細一看中間還是紅的，雖然是牛肉，還是沒辦法直接吃。

「喔、真的耶！根本只烤了表面而已，必須再烤一下才行。」

「要重烤嗎？可是火堆附近已經變成那個樣子……」

——據說過去的原始人為了度過漫長又危險的夜晚，並且不讓珍貴的火種熄滅，因此圍著火堆生活。這就是人們溝通的起源。

到了現代，在煙霧冉冉上升的烤肉架附近，打從中午就喝醉的不知名人們有如幽魂一般

左搖右晃，彷彿人類毀滅前一個瞬間的幻象放聲大笑、步履蹣跚。這是進化到了盡頭，開始倒退了嗎？

要擠進那堆搞錯舞台的人群實在教人猶豫，但是肉沒烤熟又不能吃。

「……上吧，去再烤一次。」

「……看來只好上了。」

竜兒和大河的心意已決，抓著肉串走近烤肉架，擺在已經焦黑的網子上，刮掉看不出形狀的洋蔥和紅蘿蔔焦屍。兩人縮成一團，蹲在旁邊避免被人發現。竜兒原本打算乾脆拿菜刀把肉切開，卻沒有勇氣在魑魅魍魎徘徊的河邊拿出刀來。

學生彼此搭肩唱起校歌；泰子在爺爺奶奶組的布上把身子捲成一團，「喔——好乖好乖。」「真可愛。」爺爺奶奶以對待野貓的動作撫摸泰子的背；在稍遠的陽傘底下，幾位太太躺成大字形，「呵呵！」「啊哈！」說著悄悄話；上班族組已經全軍覆沒，各自散開的人們手拿啤酒，坐在石頭上靜靜地搖來晃去；毘沙門天國組彷彿離巢的幼鷲瘋狂舞動。

在夏季黃昏時分的夕陽照耀下，醉醺醺的每個人都安詳地做自己想做的事。

至於坐在火堆前面的兩人，臉上感覺到陣陣灼人的熱風，額頭立刻滴下汗珠。

「好熱……啊——啊，暑假的最後竟然是以可怕回憶收尾。」

按著過熱的臉頰，竜兒斜眼看著喝醉的大人，發出不曉得第幾次的嘆息：

「有什麼不好？這樣一來夏天也結束了，正是個完美的收尾……啊，真的好熱……臉都快燒傷了……」

同樣並肩坐著、摩擦臉頰的大河也熱得瞇起眼睛：

「大家看來都很開心就好吧？雖然連不認識的人也混進來了。」

「……這麼說也沒錯。」

聽到大河悠哉的發言，竜兒再度轉頭看向大人。大家看來真的都很開心。看到莫名其妙扭身爆笑的毘沙門天國大姊姊，竜兒不禁露出苦笑：

「也對，就當這是美好的回憶吧。吃完肉和蔬菜之後，好好收拾善後，藉此收拾放假的心情。明天可要早點起床，好好調整身心迎接新學期。」

「沒錯沒錯。」

大河難得這麼溫和。她「喀嚓喀嚓！」開闔夾子，應該是在表示同意。接著用夾子翻動肉塊：

「肉應該差不多好了吧？」

「翻過來看看。」

不停擦汗的兩人站起來，準備確認肉烤得如何。就在此時，一名喝醉的學生一邊哭著說：「火太弱了。這樣子無論何時都無法獲得公司內定喔。」一邊把瓦斯爐的火轉到最大。

同一時間正好吹起一陣強風，吹起某人帶來的塑膠海灘球，好巧不巧落在網子上。喀鏘！網子發出聲音彈起，順勢激起著火的碎炭，剎那間——

「唔喔喔喔喔！」

「呀啊——！竜兒著火了著火了！」

炭屑正好落在竜兒捲著毛巾的頭上，並且在風勢的幫助之下，燃起小小的火苗。竜兒連忙拿下毛巾才避免燒傷，但是——

「唔哇哇哇哇，我的頭髮……！我的頭髮啊！」

竜兒連忙伸手拍打頭頂，拍下一堆黑色焦屑——那正是燒焦頭髮的殘骸。附近莫名飄出一股美容院的味道。

太不吉利了，那是蛋白質燒焦的氣味。

2

刻意不對稱，時尚感滿點。

街頭時尚BOY絕對玩樂短髮。

十大都市流行教主髮型速寫。

「……不對。不對不對不對。」

他並非想要小題大作。竜兒難得不耐煩地將攤在榻榻米上的雜誌粗魯闔上，隨手一丟之後從成堆的雜誌抽出一本攤開。

腳邊已經鋪好報紙，從泰子房間搬來的鏡子也擺在正面，剪刀、尖尾梳和噴水器都準備就緒，只剩下決定剪成什麼髮型。然而就是這點一直無法決定。

唉唉——發出嘆息的竜兒看向鏡子，只是無論看幾次都不會改變現狀。他已經想不起幾小時之前自己照鏡子哼歌時的心情。太遙遠了。

悽慘燒焦的地方是接近頭頂的側頭部。雖然範圍不大，但是很明顯只有那裡的頭髮變短。雖然沒有受傷，不過看起來很糟糕。再加上附近的頭髮也燒焦收縮，至少也得剪掉一公分。好不容易才留長的頭髮，卻選在幹勁十足迎接新學期的此時報銷。為什麼會這樣？

「你還在看啊？」

「……吵死了。我才想問妳怎麼還沒走。」

大河從客廳探頭進來，由很低的位置望進竜兒房間。

簡單吃過晚飯，夜晚已經降臨窗外。客廳不太有趣的電視聲音聽起來格外清晰。

「要不要吃冰？我們吃冰吧？」

「冰箱冷凍庫裡有，妳吃吧。我正在忙，不吃了。」

「幫我拿——」

「妳有病啊？」

竜兒連看向大河的餘力都沒有，可是大河不肯去廚房，只是抱著座墊趴在地上，用肚子難看地蠕動前進，擅自爬進竜兒的房間。

「妳是蛇女嗎？難看死了。」

趴在榻榻米上的大河伸長雪白的雙腿，抬起頭來以佛像的盤腿姿勢仰望竜兒：

「你從吃過晚飯就一～直這樣坐在鏡子前面。」

「才不是坐在鏡子前面，我是在看雜誌。」

「你還在煩惱髮型嗎？明天去一趟理髮店不就搞定了。」

竜兒不理會大河，再度看向雜誌。可是每個看來都「太誇張」、「太時髦」，全部不符合他要的形象，只有不斷翻頁。

現在的他不需要這種「時尚」例子，而是需要能夠用來掩飾現狀的「普通」範本。

「只不過是有點燒焦，你太在意了。反正你的頭髮就好像不斷增加的海帶芽一樣看了就煩，正好可以剪一剪。」

竜兒無視滾來滾去的大河，繼續看雜誌。全國各地的男孩以自豪的髮型妝點雜誌頁面，然而就算翻到最後一頁，還是找不到派得上用場的範例，只好把雜誌扔在榻榻米上。

「就說你不用那麼煩惱，還有明天一整天的時間。等到天一亮理髮店開門，馬上就去剪個清爽的頭髮不就得了。」

「……事情沒那麼簡單。」

「為什麼？我不懂那是什麼意思。沒受傷不是很好嗎？頭髮雖然沒了……呵呵呵。」

大河倒在榻榻米上用手肘撐著臉，沉默好一會兒等待竜兒的反應。柔軟的淺色頭髮輕飄飄貼著臉頰，從肩膀與背後垂落榻榻米。

可惡——竜兒開始遷怒，從大河雪白的臉上移開視線。我才不會吐嘈妳！天生麗質的傢伙根本無法理解凡人微小的願望。總之我現在就是不希望這個超慘的頭髮太醒目、不希望被其他人發現，如此而已。

「我不去理髮店。」

「該不會是因為頭髮還不夠長吧？」

「……因為我不想讓任何人看到這顆頭。」

竜兒看向鏡子，以快哭的心情用手指拉起燒焦的部分。他不想讓任何人——包括理髮師在內看見這副慘狀。

「我不想去理髮店之後被問：『怎麼回事啊？』也不想說明。如果被人嘲笑……我大概再也振作不起來。」

竜兒打算掩飾到看不太出來，至少等稍微變長之後，再以什麼事都沒發生的表情上理髮店。只是想要掩飾還是需要範本。

「唉……」

竜兒垂著肩膀嘆息，已經沒有力氣翻閱下一本雜誌。過度煩惱讓他感到疲憊，竜兒茫然環視看過先前扔在榻榻米上的雜誌。他並非刻意追求不對稱，總之只要看起來不明顯就好，希望看來一切正常，上理髮店也不會被發現而已。

只要剪掉燒焦的地方，想辦法讓它和周圍的頭髮融合在一起。他沒有希望自己在動刀之後化身美少年。

……還是動手吧。

竜兒帶著自暴自棄的心情下定決心，拿噴水瓶噴濕頭髮。大河默默看著他的舉動。竜兒快速梳過頭，用左手指尖撥開燒焦之處附近的頭髮，以理髮師常有的動作——用手指夾住頭髮之後拉起，一口氣用剪刀剪下。

「竜……！」

「……奇怪？」

正當大河像名古屋城上的鯱瓦一樣猛然抬起上半身之時，竜兒正好因為鏡子搞混下刀方向，所以只剪到空氣。

「……你這傢伙！剛剛如果剪到會變得更糟！」

大河跪在地上快速靠近竜兒，搶走他右手的剪刀。「為什麼你下刀的位置比手指夾住的位置更接近髮根？」——啥？竜兒不解地偏著頭。

「真的嗎？」

「真的！豬頭豬頭豬頭！笨死了！禿頭！差點造成比燒焦海帶芽更糟糕的情況！啊啊，太危險了，真是教人看不下去！氣死我了，真是拿你沒辦法！」

大河沒收剪刀，然後坐在榻榻米上翻起竜兒的雜誌。接著她用手指著裡面的一頁……

「啊，你看！這種感覺不是很好！」

大河指著的是臉型有如小狗一樣可愛，戴著時髦眼鏡，有些好學生風格的型男。竜兒不由得沉默，然後斜眼看向大河……

「……妳根本是用長相挑選的吧？」

「才不是！我可是有在認真看。這個人只有頭頂是短髮吧？只要剪掉燒焦海帶芽的部分弄成這樣，就看不出來了。至於髮尾之類的整體感覺是長的。你不是想要留長？那麼就如你所願。總之只要用打層次的方法剪掉燒焦海帶芽，讓它別太明顯，然後再把這頁剪下帶去美容院不就得了？」

「……我正在煩惱的就是『用打層次的剪法讓它別太明顯』。」

我懂了——大河點點頭：

「尖尾梳借我一下。」

大河用膝蓋移動到竜兒背後，「頭再低一點。」把他的頭頂往下壓。竜兒乖乖彎下腰。鏡子裡自己與大河的身影前後重疊。

大河以意想不到的慎重動作，不斷梳著竜兒的濕髮，用尖尾梳的尾端小心翼翼在頭皮上畫線，接著俐落地用手指幫頭髮分邊：

「基本上髮根不能豎起來，盡量讓髮根往下倒，特別是瀏海要這樣往下拉，只有分線這裡用頭頂的頭髮蓬鬆遮蓋。你看，這樣就不明顯了吧？然後這邊的髮尾……像這樣修剪個三公分左右。」

大河用左手中指和食指把燒焦的頭髮往旁邊一拉。透過鏡子看到的大河手勢，熟練地有如正牌美容師。竜兒驚訝地看著她的動作，稍微睜大眼睛：

「真沒想到妳……咦——平常明明笨手笨腳，還是弄得有模有樣。」

「這沒什麼了不起的，我的瀏海從小學開始就是自己修剪。就算手再怎麼笨拙，自然而然也會記住。」

輕鬆動手的大河透過鏡子對竜兒微笑。喔喔——竜兒看著她的眼神充滿尊敬。他曾經覺得大河像現在這麼值得依賴嗎?不，從來沒有。

應該說真不愧是女孩子嗎?平常笨拙到眼睛好像沒睜開的大河，一提到與美容有關的事，就遠比身為男生的自己來得擅長。

竜兒重新看向大河的瀏海，雖然至今不曾注意，但是看起來的確剪得不錯。如果真是自己剪的，那實在太了不起了。再加上大河平時就很注重衣服和頭髮，也擁有天生的品味。早知道一開始就別逞強，直接拜託她就好。

「好，那就交給妳處理了!幫我剪掉那裡!」

「好啊!交給我吧!我要拉直之後一點一點修剪了。我平常也是這樣剪瀏海的。」

「是——!」

大河稍微用力，把用指間夾住的頭髮往上拉。

「這個拉的方向又是另一個重點。」

「是——!」

「剪刀從頭到尾都要保持直向。拿橫的剪起來會很怪。」

「是——!」

喀嚓、喀嚓、喀嚓。與頭髮成垂直方向的剪刀，一點一點剪掉竜兒燒焦的海帶芽。剪了一點觀察平衡，梳理之後再度用尖尾梳在頭皮上劃分髮線，把頭髮拉起來。

「……是……！」

竜兒瞇起眼睛滿心感嘆，委身大河的手指，頭皮感覺得到手指的輕柔。他看向鏡子中可靠的大河——大河正以認真的表情，仔細修剪竜兒的頭髮。

「你看——快剪好了，如何？感覺不賴……哈……哈……」

然而就在此時。

大河的鼻子突然癢了起來。不知道該稱為預感或是一股寒意，討厭的畫面瞬間出現在竜兒眼前。身體比思考早一步想要退開，不料手指夾住頭髮的力量出乎意料地強大，竜兒完全無法抽身。

「……哈啾！」

啪嚓！事件發生了。為數不少的頭髮成束落在報紙上，竜兒幾乎不敢確認自己的頭，像是大佛一般坐在原地，魂魄飛到另一個世界。

這不是真的。我不承認這是真的。一大把剪下的焦黑海帶芽，絕對不是我的頭髮。

大河再一次吸了鼻子，然後以彷彿午間連續劇的動作扔下剪刀，接著尖叫一聲……並沒有，想叫的人是我。

3

終於來到暑假最後一天。

「……COS、COSPLAY小偷……」

「妳剛才說什麼?」

沒——有——大河搖頭回應，不過竜兒應該聽得一清二楚。COSPLAY小偷?為什麼?

八月三十一日的早上十點，對全國學生來說是暑假最後一天的今天，也是一大早就是個大晴天。路旁街景的影子清楚映在反射耀眼陽光的乾燥柏油路上。

小巷裡的陰影之中有大河和COSPLAY小偷的竜兒。竜兒頭蓋毛巾，用手遮住臉，身穿毫無個性的黑色T恤和一條普通過頭的牛仔褲。配上毛巾下方窺看街景的晶亮雙眼，此刻的竜兒看起來確實充滿會鬧出什麼事的危險味道。事實上他只是不想遇到任何人——就算遇到也不能讓對方發現，如此而已。

昨天被大河一刀剪掉許多頭髮的頭，已經不是一般人可以善後。燒焦部分的頭髮從側面整個剪下，搭配上較長的頭髮，看起來就好像最新的長短刷毛牙刷。

竜兒終於放棄過剩的自我意識，來到街上將頭髮交給專家處理。

「……沒有半個認識的人吧?」

「你太神經質了，哪會那麼剛好遇到。」

按住蓋著毛巾的頭，小心翼翼的竜兒不斷從巷子裡望向眩目的大馬路。其實他比較想到熟人絕對不會去的遠方理髮店，但是又考慮到第一次光顧的店可能會把自己的頭弄得比現在更糟。猶豫了半天，雖然有遇到熟人的危險，竜兒還是選擇自己常去的理髮店。

「只有這顆頭，我不希望被任何人看見……」

「你太誇張了，自我意識過剩。」

「這是誰害的！」

大河有點抱歉地聳聳肩。她覺得自己應該負起責任，所以天氣雖然熱，依然沒有半句抱怨便跟著竜兒出門。萬一遇到熟人，就由大河出面轉移注意力，竜兒趁機逃離現場──這是他們的作戰計畫。

「呼──」純天然棉質的多重波浪細肩帶上衣，搭配同樣分量十足的長裙，大河伸手幫自己的臉搧風。氣溫直線上升，今天也突破三十度。

「……走吧。」

下定決心的竜兒從巷子裡輕輕踏出腳步。

這個車站位在竜兒等人就讀的高中附近，車站附近也是這一帶最熱鬧的地方。以車站大樓為中心，商店街裡面有許多受到年輕人喜愛的店，無論是為了玩樂還是其他目的，住在附近的人經常會出現在這裡。

大河雖然表示太誇張，但是遇見熟人的可能性肯定不低。

「妳走在前面，如果遇到熟人就盡快通知我。」

「唉──怎麼那麼麻煩啊。」

「妳不就是為了這個目的才來的嗎！給我負責到底！」

竜兒躲在嬌小的大河背後走走停停。有如負責試毒的金絲雀一般的大河厭惡地扭曲臉龐轉頭：

「可以離我稍微遠一點嗎？背後感覺好悶熱。」

「妳可是我用來擋住前方來者的盾牌。好了，別那麼悠哉，快往前走。」

「囂張個什麼勁啊……話說回來，這件事是烤肉引起，再說我又不是故意的，只是看你意志消沉才幫忙。」

「……」

「……你、你那什麼表情……」

看見毛巾底下竜兒的表情，大河也不禁閉嘴。其實竜兒自己也很清楚：

「……妳說得沒錯，我不認為都是妳的錯。我只是覺得自己現在的髮型很丟臉。」

「真有那麼在意？」

當然在意——緊跟在大河身後的竜兒一個人憂鬱嘆息。他當然知道自己的自我意識過剩，另一方面大概是因為才十七歲的關係。

他只是對過去「得意忘形」的自己感到丟臉。覺得自己享受這個夏天、拚命留長頭髮、抬頭挺胸想要變時髦，然後展開接下來的生活——這番雀躍的心情彷彿被潑了一盆冷水。

雀躍不已是事實，想要讓自己變得比現在更有型也是事實。他明白這樣一點也不像自己，可是——

「……我只是想要稍微變得『帥氣』一點而已。」

竜兒在大河背後低聲唸唸有詞。大河再度稍微轉過頭，以雪白側臉對著竜兒。

「那是什麼意思？」

大河臉上清楚地寫著幾個字，雖然徹底表現大河風格的冷酷，但是走在前面的腳步並沒有捨棄竜兒離開。

「在這個暑假去旅行時，我和櫛枝處得很好……所以我期待新學期或許能比以前更靠近。如果她願意看著我，我也希望她看到我好的一面……只是這樣。」

「你的努力真讓人感動流淚。」

「……然而現在卻變成這個樣子，任誰都會垂頭喪氣吧。再怎麼說也不該在這個時候變成這副德性。」

「我倒覺得你願意在暑假去剪頭髮，真是太好了。」

唉……長嘆一聲的竜兒再次伸手緊緊壓住遮著頭的毛巾。他無法坦然以「是啊」回應大河的話。他覺得剪短頭髮變得清爽整齊，與掩飾長短不一的植髮狀態是兩回事，兩者的意義相差甚遠。

「唉，幸好還有今天一整天的時間……我不希望被任何人看到現在這個模樣。」

「……如果小実出現了，你也會因為那顆頭而不見她？」

「那當然。」

「我明白了。」

明白什麼？竜兒正想開口詢問的下一秒，「唔咕……！」走在前面的大河突然停下，用屁股把竜兒往後撞，失去平衡的竜兒跌入住商混合大樓的入口大廳。搞什麼啊！正當他準備如此大喊的同時——

「小実——！好巧喔！」

「……！」

竜兒就像暴風雨前的蚯蚓懂得判斷場合，敏銳察覺現況，隱身於大樓入口的抗震柱後面。大河揮手的對象正是——

「咦——？真的好巧！大河怎麼了？妳居然還沒過中午就出門，真是稀奇！」

身穿制服、斜背運動背包的櫛枝実乃梨——也是竜兒長久以來單戀的對象，露出比太陽更要耀眼的笑容轉頭。她身邊還有其他幾個同樣打扮的女生。

「我要去買東西。小実要去社團活動？」

「是啊。剛結束社團幹部的暑假總結會議！妳認識她們吧？都是壘球社的人。天氣太熱了，我們正要去喝茶，大河也一起來吧？啊、雖然說是茶，其實是SHAKE、SHAKE！來不來？」

耶！SHAKE！逢坂也一起去吧！曬得恰恰好的女子壘球社社員也很興奮，可是大河輕輕搖頭拒絕：

「不了，我拉肚子。」

……妳就沒有其他說法了嗎？這麼乾脆的說法，連躲起來偷窺的竜兒也不禁退縮。

「那就沒辦法了。」

実乃梨也乾脆地接受：

「話說回來——大河，明天就要上學了，妳記得吧？」

「記得記得。明天老地方見。」

ＯＫ！掰掰！実乃梨對大河揮手，轉身離開。竜兒小心翼翼目送她和夥伴愈走愈遠。

「……可惡啊啊啊……！」

小偷打扮的竜兒從入口大廳偷偷滾出來。沒想到暑假最後一天會有如此偶遇。竜兒真的很想一起去，不是兩人獨處也無所謂，應該可以過得很愉快。只要這顆頭、這個髮型不是長短刷毛的牙刷……！

「偏偏遇到小実。啊——嚇死了，她們說的SHAKE，應該就是去麥當勞喝奶昔吧。要小心那一帶。」

「唉，偏偏挑在不能見面時遇到……啊啊……！好可愛……！可惡！」

「明明若無其事地出現就可以了。如果你願意，也可以和小実她們一起去喔？」

「如果我的反應那麼快，早就過著更順遂的人生了吧！」

內心煩悶的竜兒忍不住握拳大叫。「啊——是是是。」大河也隨口應付過去，兩個人繼續往前走。

常去的理髮店位在這條路更遠一點的地方。雖然他們沒有預約，不過那家店沒那麼多客人，所以應該無所謂。看來只有盡早解決這顆頭了。竜兒在背後催促大河：

「喂，快點快點……再走快一點！」

快點處理燒焦痕跡和失敗的修剪，清爽走出理髮店時，如果能夠再度巧遇実乃梨……其實竜兒正在妄想。如此一來就能堂堂正正地見面。

「你好吵……一直催一直催，乾脆你走前面啊。反正也不會再遇到小実了。」

說得也是——就在竜兒打算加速與大河並肩同行之時。

「咦！妳在幹嘛？」

「……！」

竜兒用超高速度超越大河，然後直接轉入眼前的轉角。若無其事地以陌生人的動作迅速躲入小巷子裡。

「唔哇！偏偏遇到蠢蛋吉！實在是太巧了……」

大河八成也很驚訝，停下腳步的她圓睜雙眼。迎面走來的人，正是大河的惡友兼敵人兼天敵、人稱蠢蛋吉娃娃，簡稱蠢蛋吉（只有大河這麼叫）的現任模特兒川嶋亞美。

雪白的臉蛋真的很小，溼潤發光的那對晶亮雙眼彷彿快要滴出水來，身材是只能用「完美」來形容的八頭身。身穿休閒風的牛仔褲配上坦克背心，肩上掛著高級名牌的大型托特包，與藝人無異的姿勢綻放眩目的光芒。

彷彿妖精的下巴輪廓美到來往路人不禁回頭——

「啥～～？什麼叫做『偏偏』？哼，在突然現身的亞美美可愛、美麗以及天真爛漫之前，妳驚訝呆立的模樣已經說明一切。」

刻意裝出來的甜美聲音既惡毒又黑心。知道蠢蛋吉川嶋亞美真面目的人，都緘口不提她是天下無雙的壞心腸。「妳是白痴嗎？」大河只是簡單用這句話回應。

「話說回來，對了～～對我來說遇到妳也算是好運。」

難得亞美的大眼睛會露出友善的光芒。她走近大河之後說道：

「等一下我和麻耶、奈奈子有約，我們準備在家庭餐廳抄暑假作業，可是沒人寫完英文作業。妳很擅長英文吧？應該早就寫完了吧？要不要一起過來？溫柔體貼的亞美美特別讓妳也加入抄作業小組～～♡」

「我才不要！」

可是大河一口加以回絕。睜大溼潤吉娃娃眼睛、戴著做作鐵面具的亞美忍不住氣呼呼地嘟起嘴巴：

「咦——為什麼？有什麼關係！妳全部寫完了嗎？奈奈子可是已經寫完數學作業囉？妳看妳看～～妳想抄吧？」

「竜兒已經幫我看過數學作業了。我們早就合作把作業寫完。」

「啥！真的假的？啊……對了，既然這樣我請客。看妳是要點飲料吧、午餐，然後附上甜點都沒問題。既然如此也把高須同學也找來，我請你們兩個。這樣總可以了吧！」

「不行。我現在有事。」

「咦——？那我叫高須同學一個人出來吧～～」

「竜兒也說他有事。」

嘖！亞美用力咂舌，扭曲美麗臉龐瞪著大河，只留下一句：「派不上用場的傢伙！」就不高興地走了。

大河對著從小巷子裡爬出來的竜兒開口：

「飲料吧加午餐加甜點……嗯～好像有點可惜……？」

「不──！如果讓川嶋看到我的頭髮，她絕對會嘲笑到曾孫那一輩！」

「不過真容易遇到人。小実、蠢蛋吉，接下來是誰？北村同學嗎？」

「或是春田、能登。唉，如果遇到的是他們，被他們看到也沒關係……話說回來──可惡，真的好熱。」

大概是躲躲藏藏的關係，汗水從竜兒的太陽穴流下。他拿下蓋在頭上的毛巾擦汗，就在這個時候──

「麥當勞人太多擠不進去！咦，高須同學？」

「……喔！」

実乃梨正好在這個時候原路折返。看見竜兒的実乃梨露出笑容：

「哇──喔，真的好久不見了！自從旅行之後吧！嗯？咦？你怎麼了？」

＊＊＊

咚——耳朵深處聽到聲音。這是說真的，不是開玩笑。

「……偏偏挑這個時候，實在太糗了。難道我被詛咒了嗎？」

「小実完全不在意啊。」

「可是我在意……」

因為震驚過度引發耳鳴的竜兒傻傻仰望理髮店的天花板，忍受過強的冷氣。

傳統紅藍彩色轉動燈柱在店著迎接客人。走進老舊的理髮店裡，明明是平日早上，店裡卻有不少人——大叔、老爹、頭髮有點長的平頭小學生、國中生，還有包含竜兒在內的高中生，簡直就是男人展覽會。

輕飄波浪服裝搭配輕逸長髮的大河，很明顯是其中唯一的異類。她和竜兒一起坐在沙發上，無趣地翻閱不適合她的大叔向週刊。

「唉——……她八成覺得我很好笑吧。」

幾乎快哭出來的竜兒仍然碎碎唸個不停，一個人痛苦品嘗剛才那個衝擊的瞬間。「你怎麼了？」実乃梨天真無邪地指著竜兒的頭。明明隨便矇混過去就好，笨蛋竜兒卻急急忙忙地開玩笑說是因為烤肉燒焦，想處理卻剪壞，哈哈哈，很醜吧……他自己也知道這是瞎忙一場。実乃梨也點頭說聲：「好慘喔！」

她的開朗反應聽起來一如往常，但是……她會不會心想：「啊啊，真是垃圾男。」或是嫌我俗氣、難看吧。

「小実才不會那樣想。」

「……可是她看到我這個頭……」

「豬——頭。別再繼續陰沉下去好嗎？」

大河無奈嘆口氣，捲起週刊敲打竜兒的大腿。覺得痛的竜兒忍不住站了起來。大河在沙發上挺起胸膛、得意地直視竜兒的臉說道：

「妳真的認為小実會那麼想嗎？」

「我……」

說真的，竜兒不認為。

実乃梨不會指著別人失敗的髮型，還落井下石說什麼好醜。在意的人只有自己。我自己隨便想像、自己選擇消沉。

「你很開心這個暑假能和小実交情變好吧？小実是因為你長得帥才和你交朋友嗎？」

「……顯然不是那樣。」

「沒錯，不是那樣。小実不會用外表去判斷一個人。你自己也很清楚，所以才會喜歡小実對吧？」

聽到大河的話，竜兒不得不點頭。的確如同大河所說，正因為実乃梨不是那種人，自己才會對她如此著迷。

「既然如此就別再在意煩惱外表了。煩死人了！一點也不像你！」

「不……可是妳……算了。」

竜兒吞下準備反駁的話。大河說得沒錯。

「我也不在意外表！沒錯，我和小実一樣不會光憑外表來判斷人！不會一直在乎別人的目光！我喜歡無論我的外表變成怎樣，都同樣接受我的人！你也是如此，對吧！」

「……是啊……沒錯。」

希望在喜歡對象面前展現自己帥氣的一面是件很自然的事，但是一心希望對方覺得自己好看而憂鬱、甚至被自己的想像傷害，這樣就不對了。不該一味被自己外表看起來如何的想法束縛、不該動搖重要的自我。

実乃梨不會因為外表討厭一個人。

「堂堂正正做自己，才是迎接新學期的重點……」

「對對！就是那樣！喂，輪到你了！讓他們幫你好好修一下吧！」

「……嗯！」

竜兒被叫到洗頭台坐下，把頭髮交給專家處理。舒服地沖掉汗水，很有力氣的粗糙手指紮實搓揉頭皮。

感覺很舒服的竜兒稍微振作精神。不需要拘泥於外表。照自己該有的樣子就好。能夠由衷相信如此天真的說法，都要歸功在那邊等我的大河。

我在大河面前也不曾掩飾什麼，不管是失敗或哭泣的臉，都直接展露在她面前。一直都是這樣。大河在我面前也是從來不曾矯飾，照她原有的方式存在。

正因為如此——

「……咦！耶？妳！」

「嘿嘿，我也剪一下好了。既然流汗就順便洗頭修臉，也稍微修一下瀏海。」

——大河真的就是大河。

正如她自己剛才所說，不在乎別人的目光。一不留神，大河已經坐在大叔和竜兒排排坐的鏡子前面，柔軟微捲的淺色長髮垂落在白色的剪髮圍巾上。「妳真的好像洋娃娃。」這是老闆的感想。

「……怎麼了？你在笑什麼？」

「不，只是有點……」

竜兒透過鏡子看向坐在旁邊的大河，無法忍住笑意。這個情形真的很妙，在街上理髮店的鏡子前，自己恐怖的臉和大河洋娃娃般的臉並列。「怎麼樣！」嘟嘴的大河想要轉頭看向竜兒，下巴卻被手拿剪刀的理髮師抓住。

「來，我要剪瀏海了，妳可別動。已經幾十年沒剪過女生的頭髮。我幫妳剪成洋娃娃的樣子，一定很適合。」

理髮師把梳子插入大河時髦的流暢瀏海，手持閃爍銀光的剪刀，毫不猶豫地——

「……咦咦咦咦！」

喀嚓！大河的瀏海沿著眉毛直線剪下，連在旁邊看的竜兒也不禁屏息。

看來這並非「剪壞」。大叔理髮師開心地將大河的瀏海整齊剪短。大河什麼話也說不出來，乖乖讓理髮師幫她修剪。或許是思考已經停止、僵硬。這段期間，瀏海的頭髮一點一點落在鼻尖。

坐在旁邊的竜兒也不好說些什麼，只能默默看著。眼看大河的瀏海愈來愈短，也不能說……不可愛……但是……這樣眉毛以上的位置真的好嗎？

＊＊＊

我不再因為他人的目光而煩惱。

我才不在乎別人的看法。

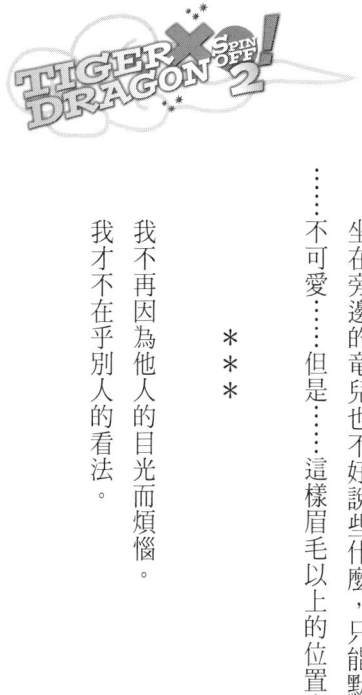

「……廢話少說。」

九月一日。

新學期的早晨，大河倔強地癟著一張嘴。天氣同樣晴朗，一大早的陽光就熱到讓人出汗，只有瞬間吹過的涼風帶有寂靜秋天的感覺，舒適地輕撫肌膚。

「……喔，早安。」

「……就叫你廢話少說！」

「我只是在打招呼，什麼也沒說。」

在大河住家入口大廳綠意盎然的樹下，大河拋下竜兒獨自大步走去。

「我知道你想說什麼，非常清楚。就是因為知道才叫你閉嘴。」

大河用髮夾將齊眉的瀏海夾起來，露出整個額頭。額頭上的皺紋顯示她的微妙心情。大河轉身走向與実乃梨約好的地方。

呵呵。竜兒壓低聲音獨自竊笑。「你在笑嗎！」——大河的耳朵可是順風耳。

暑假結束，新的季節就此展開。

秋天到了就去田裡！

1

季節已是深秋，十月的夜晚。

三個人圍著高須家的餐桌。今晚餐桌上也擺滿活用當季食材，色彩繽紛的樸實料理。富含油脂的秋刀魚，加上有如小山一般的白蘿蔔泥、滿是香菇的味噌湯、薑燒風味的滷芋頭，還有昨天剩下的炒牛蒡絲再度登場。醬菜是淺漬蕪菁。

寂靜的月光照亮澄靜無雲的秋夜，蟲鳴聲在夜裡低迴。你聽，只要豎起耳朵……喀噠喀噠！嘰嘰嘰！

「喔喔喔！直接衝過來了！」

「唔哇！聽說今天晚上就會登陸。」

——根據今天早上天氣預報得到的最終答案，今晚原本是個「寂靜月光」加上「只有蟲鳴聲」的夜晚。事實上今天一整天也是舒適晴朗，直到幾個小時前，鈴蟲發出清涼的音色，背後還有螽斯合奏。可是免費樂隊似乎察覺到天氣的異常變化，早早解散不知道跑到哪裡避難了。現在只能聽到逐漸轉強的風搖動玻璃的聲音。

在遙遠海上形成的颱風一邊增強威力一邊渡過太平洋，彷彿瞄準這個城鎮似的靠近。雖還沒開始下雨，不過也只是遲早的事。

「唔～不會吧～泰泰回得了家嗎？」

高須家的一家之主泰子說得十分不安。雖然她的嘴邊黏著飯粒，然而兒子竜兒的視線正緊盯電視新聞的颱風行進路線圖，有如利刃高吊的不吉利三角眼，正放出不祥的銳利光芒，接著舌頭一舔……沒錯，這個秋之美食魔王正在仔細品嘗電視台電波傳送過來的地球毀滅序曲影像……當然不是這樣。

「早點下班比較好吧？反正這種天氣也不會有什麼客人上門。」

他只是擔心準備出門從事夜晚工作的母親。那張好似地獄判官憂心皺起的臉，只是倒楣地天生如此。

「乾脆關門吧？颱風天暫停營業也沒什麼關係。」

坐在他對面一臉得意喝著香菇湯的美少女，名叫逢坂大河。她是隔壁大樓的鄰居，也是竜兒的同班同學，回過神來才發現這段孽緣已經讓她成為與高須家共同生活的半個食客。

「話說回來，飯真是好吃到嚇人……啊，不妙，這樣會再次發胖。」

大河現在已經連一句「我可以再來一碗嗎？」都不問就直接拉過電鍋，親手把第三碗飯盛得滿滿。

「其實配菜只要一點點就好。我說的好吃，是指白飯本身好吃。」

抓著飯匙的大河滿足地瞇起眼睛望向白飯小山，雪白臉頰閃耀微笑，好心情與旺盛的食欲，讓掌中老虎這個稱號變得模糊。

「不可以喔～」

「不可以？我果然吃太多了嗎！」

聽到泰子的話，大河連忙抬頭。泰子慢慢搖頭說道：

「泰泰不是說白飯，是店～泰泰當然也想休息～人家也要再來一碗～」

泰子把空碗遞給大河。大河吸了口氣，把白飯裝得像自己那碗一樣尖。然後——

「你呢？」

順便對竜兒伸手，要他把碗交出來。

「……沒問題嗎？」

不過竜兒只是瞪著電視畫面，緊皺眉頭。

「唉！一定沒問題啦！再怎麼說米也是植物，不會吸收油脂，再來一碗有什麼關係。你也再來一碗嘛。就算要胖，大家一起以同樣速度變胖，就不會太明顯了！」

「我擔心的……不是妳的肉，而是『高須農場』。颱風直接撲過來，看樣子不太妙。」

「啊啊，原來是那個……」

大河稍微嘟起嘴巴，「嗯～～」偏頭唸唸有詞之後說聲：「可能真的很不妙。」然後盯著手上的飯匙。這個時候——

「啊，下雨了。」

聽見滴滴答答的響亮聲音，大顆雨滴開始敲擊窗戶玻璃。

——事情要回溯到幾個小時之前。

＊＊＊

「這根本就是真正的番薯田啊！」

分叉畫筆描繪的雲朵高高飄在藍色天上，興奮的聲音響徹雲霄。櫛枝実乃梨轉過頭來拍手說道：「太精彩了，大人！」

竜兒不禁露出笑容，得意忘形地開口：

「從這邊——」

還以誇張的手勢指著大地。

「——到這邊，全是高須農場！」

竜兒以有點滑稽的威風姿勢抬頭挺胸。大河從他身邊探頭，一臉嫌惡地揚起單邊眉毛：

「這都是他自己說的。明明是非法侵占還那麼囂張。」

大河用食指戳向得意忘形的竜兒下巴。這個動作本身原本應該很可愛，但是她並非輕輕指，而是用力戳。不愧是以暴虐聞名的掌中老虎，連吐嘈也不手軟。

不過竜兒毫不退縮，說句「很痛耶！」便揮開她的手。

「現在等於已經拿到使用許可了。妳看，就是這塊牌子。這是園藝社的某人好心製作、立在這裡的。」

竜兒得意地指向插在腳邊土裡那塊手掌大的牌子。牌子上用奇異筆寫下漂亮的「番薯」兩字。「那個？」雖然大河顯得很不屑，但是那塊牌子有相當重大的意義。

竜兒、大河，以及実乃梨低頭看著的番薯田——竜兒所謂的高須農場，已經偷偷在校園角落迎接結實的季節。

恐怕只有極少數學生才知道校舍後面是上課用的大型花壇。竜兒在一年級時，發現這片遭到遺忘的花壇。

在那之後他便除去枯草，偷偷整地、播種，鋪上買來的腐殖土，有機會就去拔雜草，沒下雨的日子就澆水……竜兒在這個夏天成功種出紫蘇。原本種在日曬最好區域的茄子和小黃瓜幼苗大概因為太醒目，被真正的管理者園藝社拔掉，但是對於這塊無人使用的區域，他們似乎睜一隻眼閉一隻眼。

竜兒照顧自己的田地，順便也幫園藝社的田地拔草。幫自己的田地除蟲時，也順便幫園藝社除蟲。他把這些舉動當成土地的租金。最後園藝社也把好用的大型噴壺擺在旁邊，方便竜兒取用，似乎也會將肥料分給竜兒的田地，還替愈來愈茂盛的番薯區做了牌子插在土裡。

『番薯……』

『這邊是在種番薯……』

『這邊是高須同學的番薯田……』

也就是高須農場獲得官方認可的証明。就像是在互相合作追求進步，雙方之間確實產生溫暖的交流。

然後這個秋天，在枯萎紫蘇倒下的另一側，竜兒過去花工夫種植的番薯，已經準備迎接收成季節。在大約兩塊榻榻米的範圍，可以看見茂密的藤蔓與深綠色葉子。

「喔喔、蚯蚓！大河別踩到！」

「噫耶耶……」

竜兒用眼角餘光看著兩名女生的腳被纏住，於是戴上專用的工作手套，臉上浮現貪官的可怕笑容，直接穿著制服蹲在番薯田中央。比較誰的腳比較粗！當然不是。

他撥開番薯的紫色長莖。聽說戰時就是用這個莖代替麵條，不過看起來不怎麼美味。長得這麼健康，真是太浪費了……小氣的竜兒邊思考邊以手指挖掘莖的底部。潮溼的細微土粒跑進工作手套的纖維——

「……喔，長出來了長出來了！很好很好！」

土裡露出圓胖番薯的部分身影。聽到竜兒忍不住說出口的話，実乃梨和大河也跑過來看向他的手邊，然後異口同聲：「喔喔喔……！」

「出現了！ＴＨＥ番薯是也——！」

「是番薯先生耶！哇喔！」

実乃梨和大河在竜兒背後雀躍擊掌，大聲歡呼。

「好厲害呀，高須同學！真的長出來了！」

「長出來了長出來了！竜兒值得表揚！哇啊！真厲害！我想快點吃到，可以挖嗎？我想挖我想挖！我最愛番薯了！」

「唔喔喔，大河，真是太巧了！我也超愛番薯的！不管是烤或是蒸，切開油炸沾糖漿也好！一提到秋天，鐵定少不了番薯先生！啊啊，等不及了……！我們快點挖番薯吧！」

「對了，要用鏟子？需要鐵鍬之類的工具吧？我去拿！」

等等——竜兒以帶著手套的手，制止兩名興奮不已的女孩。番薯確實成長，只要再挖開一點，應該就可以看到一根莖上連著數顆番薯的誘惑場面，但是如果真的要挖，穿著制服和皮鞋還是有點困難。

「換穿運動服或其他打扮，準備好了再來挖吧？而且我們也沒帶袋子來裝，再說午休時間差不多要結束了……對了，這個週末如何？櫛枝有社團活動嗎？」

「有是有，不過只有早上！話說回來……咦？我真的可以挖嗎？」

「既然讓妳看了我的番薯田，當然會給妳囉。」

「太棒了——！唔喔——！超開心！」

耶——！実乃梨一面大叫一面跳下水泥磚。竜兒悄悄在心裡說：這是當然的。只要和櫛枝実乃梨在一起，不管番薯還是什麼我都願意給。我就是為此才邀妳過來。

「……幹得好啊。」

大河輕聲在竜兒耳邊說話。一聽說番薯似乎可以收成——「那也讓小実看看吧。」而把実乃梨帶到這裡來的她，是竜兒這段單戀的啦啦隊。

竜兒稍微聳肩掩飾害羞，也和大河一起走下水泥磚，追上先走一步的実乃梨。飽含氧氣的秋風清新涼爽，似乎可以感覺到天空清澈的味道。有兩隻蜻蜓滑翔飛過実乃梨的頭上。

那就這個星期六中午換穿運動服之後集合——明明已經約好了。

沒想到才過幾個小時，南方海面上有個颱風形成。

＊＊＊

「高須『農場』只是我自己如此稱呼，其實只是個普通的花壇。」

「只是圍著水泥磚的土堆，不曉得颱風來會變成怎樣。」

「去年下大雨後很慘，土都流出來了。」

「番薯也會流出來嗎？」

「怎麼可能……不，有些會……可以確定的是會有損傷。」

「明明那麼期待……好想吃拔絲地瓜……」

對竜兒來說，番薯本身如何當然值得擔心，不過更重要的是與実乃梨的約定。好不容易約好了，如果番薯田毀了就沒戲唱了。窗外豆大的雨滴還沒有下得太大，不過根據電視新聞，暴風圈已經逐漸緩慢靠近。

『正在接近關東地區的十三號颱風威力持續增強，沿海地區……』

竜兒與大河兩人不由自主端坐，認真聽著播報員的解說。

「太河妹～～妹，和泰泰一起出門吧～～太晚了很危險，現在就回家吧～～」

「好——話說回來，泰泰……妳穿那樣沒問題嗎？」

「咦~~?不行嗎~~?」

吃完晚餐,化好妝梳好頭髮的泰子,手裡拿著唯一的寶貝香奈兒包包在大河面前轉圈。

「嗯……!妳要穿高跟鞋去嗎?」

竜兒見到她的打扮,忍不住往後一仰。

「反正是搭計程車去嘛~~而且人家又沒有長靴或雨衣~~」

黑白豹紋、微微透明的及膝裙開衩到大腿附近,設計相當大膽。胸部乳溝盡曝的黑色繞頸細肩帶上衣,底下還可以窺見肚臍。肩上的銀色披肩究竟能夠抵擋多少風雨?

華麗的打扮可以說是一如往常。因為在酒店工作,打扮上總是比較暴露,不過今天的天氣這麼差,被風雨一吹衣服恐怕會飛得一件不剩。

「這種天氣乾脆穿運動服去吧!套著垃圾袋!」

「啊哈哈~~☆真的要套垃圾袋嗎~~?」

泰子那張看不出是個高中生母親的娃娃臉悠哉笑道。竜兒長嘆一口氣,深深感到父母不知兒女心。

「我家有雨衣,泰泰穿去吧。妳在入口大廳等我,我馬上拿下來。」

總之先出門,要遲到了——大河出聲催促。「我出門了~~」泰子對兒子揮揮手。大河也輕輕突出下巴,和泰子一起走出客廳。

穿上雨衣的泰子應該不要緊——剩下竜兒一個人轉頭注視昏暗的窗外。雨勢比剛才更強，水滴打溼窗戶玻璃之後流下。風聲拖著低沉尾音，林蔭道的樹枝想必也是隨風搖擺。

無法穿雨衣也不能撐傘的高須農場，究竟能不能撐過這個颱風夜？如果可以，或許明天一大早就去察看情況比較好。

2

「不會吧！」

竜兒的右手空虛畫過空中。

能夠教人忍不住想吐嘈的天氣也是難得一見。但是竜兒並不想特別體驗——他站在窗邊眺望窗外，傻傻地站了好一會兒。

根據天氣預報，照理說颱風應該今晨就會離開，沒想到預報完全錯誤。

半夜睡覺時聽到雨勢增強的聲音，竜兒認為那就是高峰。

然而明明已經早上七點，天空還是一片黑，窗外的暴風雨發出驚人聲響，雨滴敲擊窗戶玻璃變成白色飛沫。頭上傳來震耳欲聾的聲音，可見敲打屋頂的風雨威力有多大。竜兒甚至覺得整個房子都在晃動，不過他希望那只是錯覺。一打開電視，新聞上正在報導早已登陸的颱風有多駭人。

泰子不知在幾時回來，只見她紙拉門也沒關就捲在棉被裡睡覺。竜兒撿起到處亂丟的衣服，忍不住皺眉。榻榻米上留有水漬，看樣子是把溼衣服直接丟在榻榻米上。

和大河借來的溼淋淋雨衣姑且用衣架掛在盥洗室裡，玄關有一支骨折的塑膠傘。竜兒原本想要抱怨，不過看到隨處都有顯示回程辛苦的痕跡，竜兒決定還是讓泰子繼續睡。

『這個颱風的暴風圈範圍大而且風雨強烈，特徵是行進速度緩慢。請觀眾多加留意。』每天都會出現在晨間新聞裡的天氣播報員一臉嚴肅地指著氣象圖。畫面上方是哪些大眾運輸暫停營運的資訊跑馬燈。暴風範圍似乎擴大了，多數區域的大眾運輸都跟著停駛。

「……我的番薯田……」

竜兒雖然深知現在不是時候，但是仍然感到掛心。高須農場現在變成什麼模樣了？雖然只要去看就會知道了，不過這種情況還能上課嗎？

他以有如夜叉的悽慘表情望著狂風暴雨的窗外，電話卻在這時響起。不出所料，是班上的聯絡網通知今天因颱風停課。不管怎麼樣，竜兒趕快先聯絡下一位同學。「真的嗎！太棒了！」竜兒敷衍回應對方開心的聲音之後掛掉電話。

「唉……學校停課，根本不可能去看番薯田的情況……」

竜兒忍不住咬唇嘆息。停課沒有讓他感到一絲高興。好不容易長成的番薯，還有和実乃梨說好的週末約定，這下子全都要付諸流水了嗎？來挖番薯吧！現在回想起來才覺得好蠢，但是如果沒有這個契機，又怎麼能夠在週末約到実乃梨？這是笨拙不機靈的自己，終於找到了一個能夠在教室以外的地方見到她，相當自然的藉口。

而且実乃梨也很期待。再加上——對了，促成我約実乃梨挖番薯的大河，嘴饞之餘也不忘幹勁十足地推波助瀾。我原本打算做點什麼來回報她。

你要奪走大家的期待嗎，颱風？竜兒怨恨地看著窗外，這時對面房間的窗簾突然打開。

「……喔，大河。」

明知對方不可能聽見，卻仍忍不住出聲揮手打招呼。

對面窗戶當然是大河的寢室，只見她穿著睡衣，一頭亂髮垂在背後，用沒睡醒的表情邊揉眼睛邊講電話。大概是班上聯絡網的電話打到她那裡了。她注意到竜兒，於是看往這邊。

接著她掛掉電話聳聳肩，嘴唇微動似乎在說什麼，好像是「雨下得好大」或是「好嚇人」之類的，「啥？妳說什麼？」竜兒把手擺在耳邊貼著窗邊，大河又動起一樣的嘴型。明白竜兒聽不見之後，下個動作是——

左手擺在胸前像是抱著什麼。

右手伸出兩根手指把什麼東西送到嘴裡。

然後像河豚一樣鼓起臉頰。

「……喔喔，吃飯嗎？早餐嗎？」

竜兒回以同樣動作，大河用力點頭，指指自己，接著指指竜兒家。平常大多上是不高興的臉，現在卻假裝外國人的笑容，嘴巴一開一闔說著什麼（明明就聽不見），在風雨的那一側輕輕揮手。

「……嗯？妳要來這邊吃飯？現在馬上過來？耍笨啊！」

竜兒搞懂大河想要表達什麼，連忙對她大力揮動雙手。雖說彼此的距離只要徒步幾十秒，但是在這種天氣特地出門還是不太好。

「別．過．來！懂嗎？別離開妳家！不．行！」

雙手打叉，對著被風雨隔開的對面窗戶拚命傳達自己的想法。但是大河做出竜兒剛才的動作把手靠在耳邊：「啥？」──只知道她說了這個。

「看不懂嗎？真是……不！行！別過來！NO！」

使出渾身解數加以拒絕。竜兒大大張開雙手，全力比個叉。「啥？」大河再問一次，然後緩緩點頭。竜兒的意思總算傳達過去了嗎？只見她以手指比個OK，穿著睡衣的身體一轉，離開窗邊關上窗簾。

「理解能力怎麼那麼差……害我為了無謂的事累得半死……」

唉。嘆息的竜兒再度看向電視。但是就在幾分鐘之後——

「……咦咦？」

他懷疑自己眼睛看到的景象。

「呀啊～～！全溼了全溼了。雨真的超大！一出門雨傘就被吹走。啊～～真是嚇死人了！我家前面的馬路快變成小河了！」

用備份鑰匙闖進來的人，正是渾身溼透的逢坂大河。什麼掌中老虎，根本是笨蛋大河。脫下睡衣換上的居家連身洋裝溼透變色，裙襬的水全部滴在屋子的木頭地板上。及腰的長髮亂七八糟，經歷風雨洗禮之後黏在大河雪白的臉頰上。「唉呀唉呀！」大河邊喘氣邊用手梳理那頭亂髮，肩膀和背後全都溼了。

「……妳、妳……」

「吃早餐吧！聽說學校停課！對了，你剛剛要跟我說什麼？」

「……妳為什麼跑來了？」

「咦？什麼意思？你居然還說這種話！」

剛剛一直吵鬧撥頭髮的大河，眼神瞬間點燃不耐煩的火焰，不爽地瞪視竜兒：

「我想知道你那麼拚命是在說什麼，所以勉強過來聽你說耶！哼，算了。我比較想知道

你剛剛到底在說什麼？」

「……無所謂了……嗯，已經沒關係了。」

「咦？」

竜兒站起來從盥洗室拿出毛巾，包住大河的頭，壓制住不耐煩想要逃跑的大河，擦拭她的頭髮。既然不請自來也沒辦法了。

「總之雨真的下好大，好冷……哈啾！呼啊——」

大河濕答答的頭髮很冰冷，似乎一轉眼就會把連身洋裝肩膀與背後的體溫奪走。

＊＊＊

「這身衣服還真是丟臉至極……！」

洗完熱水澡從浴室出來的大河，換上竜兒幫她準備的衣服，故意裝出搖搖晃晃、頭暈目眩的樣子，以手抵住額頭。

「……不喜歡就穿自己的衣服啊。那件濕淋淋黏答答的洋裝。」

「唔……」

竜兒指向大河掛在衣架上的連身洋裝。看見洋裝溼透的模樣，大河不甘心地咬住嘴唇，沉重地搖搖頭，拉扯竜兒借給她的上衣下襬，瞇著眼睛往下看：

「……不管多討厭、多丟臉，仍由不得自己選擇……這就是所謂羞恥服……！」

家居服──正確說法是竜兒國中時代的綠色運動服（胸前有寫著「3─1高須」的大名牌）。整套穿在身上的大河誇張嘆息：

「……看來我也墮落了。這套衣服的纖維塞滿你不管怎麼洗也洗不掉的細胞，而且是思春期國中生時代的細胞，現在卻穿在我光溜溜的皮膚上。」

「沒禮貌！看清楚，我也是一整套！」

哼！竜兒岔開雙腳直直站好，秀出自己的T恤。領口和袖口是綠色，胸前也有「3─1高須」的名牌。沒錯，這和大河身上的運動服一樣，都是竜兒國中時代的體育服。

「噫……！情侶裝！」

大河發出慘叫，同時誇張地揪著頭髮。特地借衣服給她穿，哪來這麼多抱怨──竜兒不滿地嘟嘴回應：

「我是為了妳好才借妳衣服，妳到底有什麼意見啊！那身乾淨衣服是乾的，可以讓妳遠離感冒。運動服才不是羞恥服，而是阻擋寒氣與感冒病毒的盾牌！對，說來可是妳的護法服！保護妳的防身服！妳要嫁人時，絕對要穿著嫁過去！」

「拿這個當結婚禮服……！穿運動服的新娘……而且還是別人的二手運動服……還是情

侶裝……！怎麼會有那麼強烈的貧窮感！」

「上戰場時也別忘了。它一定能保護妳免於流彈……這就是我借妳那套衣服的心情。」

「更重要的是，說得直接一點，這個下襬太長了！」

「那純粹是因為妳的腳太……」

「……」

竜兒看到情況不妙而閉上嘴巴，隨口說聲：「……好了好了，早餐早餐。」便往廚房走去。蓋上平底鍋蓋，鍋裡的煎旗魚差不多快好了。

大河自顧自地坐在專屬座墊上，一臉不悅地摺起運動服下襬。竜兒悄悄轉頭看著她，自己也很清楚大河嬌小的身體在偏大男用運動服裡面搖晃。肩膀附近太過寬鬆，纖細的身體曲線在大尺寸衣服裡顯得更加醒目。

特別是現在盤腿彎背的姿勢，削瘦的肩胛骨配合手的動作律動、支撐姿勢的纖腰、白到彷彿發光的腳踝等等，都讓人不知不覺停下視線。

「煎魚嗎？啊，颱風的行進路線變了。電視上說中午左右就會出海。」

——這麼說來，這是大河第一次在高須家洗澡，也是竜兒第一次看到她剛洗完澡的樣子。還有側面有如鬆軟棉花糖的桃色臉頰、眼睛和嘴唇附近，水潤亮澤的淺薔薇色肌膚，以及描繪出和緩曲線，披散在肩膀和背後的半乾長髮。

「……對吧？你在聽嗎？」

「喔、喔！下、下次妳要讓我去妳家洗澡，以示公平吧！」

「啥？你在發什麼神經啊，老頭子。我叫你看電視，颱風要離開了。下午就會脫離暴風半徑。」

「……真的嗎？」

啾～～！竜兒替平底鍋中的旗魚翻面，發出光聽就會流口水的聲音。確認魚已經煎成金黃色，小心裝盤避免鏟子弄散魚肉。窗子外面還是一樣風大雨大，竜兒看見某處飛來的樹枝卡在屋簷隨風亂舞。

「風雨感覺好像比剛才更大了？」

「現在應該是最嚴重的時候吧。嗯～～好香喔……要叫泰泰起床嗎？」

「讓她睡吧。啊，我忘了餵小鸚。」

「我來餵。」

大河快步走近把青蔥豆腐味噌湯舀入碗裡的竜兒，蠻橫霸道地拿出小鸚的飼料盒，從袋子裡倒出粟稷混合的飼料。

「喂喂，醜小子！你可要記清楚是我給你飼料的……呀啊————！」

——怎麼到了現在還會這樣？完全清醒的竜兒放下湯勺，有些傻眼地緩緩回頭。大河應該早就知道小鸚剛睡醒的臉有多麼超乎尋常，為什麼還在大驚小怪……？

「……咦咦咦咦咦咦咦！」

在確認火已經熄滅之後，竜兒也被不禁感到頭暈。

在鳥籠裡的是什麼玩意兒？

小學時開始飼養的醜鸚鵡．小鸚雖然以前就很醜，那個破壞次元的長相連獸醫都曾經詢問：「這是鳥嗎？」也有傳聞說牠長得像新幹線列車「こだま」，但是對竜兒來說，小鸚是獨一無二的寵物，是可愛到讓人想磨蹭牠的臉頰、舔牠（雖然從來沒有做過）的家人。可是現在這是怎麼回事？

「這是啥啊啊啊啊啊！」

竜兒不由得變成松田優作。

「……啊……哈啊嗯……呼……嗯、嗯唔……啊啊啊……嗯……咕……」

小鸚正在痛苦扭動。

癱在鳥籠裡的牠張開翅膀，挺胸伸直滿是雞皮疙瘩的脖子，懶散張開有著缺口、裂縫、看似已死鳥喙的嘴，嘴邊冒著濃濁口沫，流出濃稠的口水。伸出嘴巴的土色舌頭正在抽動。

牠的眼睛——眼神完全無神，不是死了，而是靈魂出竅。透著黑色和綠色血管的翻白眼正在抽搐顫抖。沒錯，小鸚——

「……聽說印度有這種美容按摩法……」

「……有……喔……？」

到處都是水。

水滴自鳥籠上方滴落，小鸚卻用腦袋很享受地接住，似乎這麼做對牠來說很有快感。

「嗯唔唔唔……！啊啊～～不甘心！可是抖抖！」

小鸚將翅膀張得更開。

竜兒感覺自己好像看到什麼不該看的東西，可是仍然振作起來抱住鳥籠：

「小鸚是不曾生過蛋的清白之身……！不可以讓牠學會這種骯髒的玩法！」

竜兒連忙把鳥籠搬到隔壁房間，並且嚴肅地對處於興奮狀態的醜鳥訓話：「快點把那種事忘了！」但是——

「這麼說來……是漏雨了吧？」

「妳說啥！」

聽到大河的話，竜兒以幾乎快要扭斷脖子的氣勢用力轉頭。小鸚沉醉於快感的地點，此刻依然在滴水。少了承受水滴的醜鳥和鳥籠後，水很快就滲入榻榻米。

「不會吧？唔哇！等等等等！毛巾！不對，抹布！」

竜兒連忙抓著抹布滑過去坐下，按住滲水的榻榻米。水滴繼續落在他的手背上。

「哈哈，這是漫畫裡的世界吧。」

擺上大河拿來的碗，正好更多水滴落下，滴答滴答滴進碗底。天花板理所當然出現一大片水漬。

「現在不是悠哉說笑的時候。漏雨就表示屋頂充滿水氣，這樣一來就算雨停了也不容易乾。濕氣就好像毒瘤，會侵蝕整棟建築物的梁柱，從看不見的地方開始發霉，一眨眼就會潮濕陰鬱、黴菌滋生、骯髒導致過敏，就像這樣……啊啊！我不要啊……！」

「啊——噁心！不要在那自顧自地說故事了，趕快吃飯吧。」

大河不理會發抖的竜兒，大步走到矮桌前坐下。然而——

「……喔？」

「別那麼大聲！這次又怎麼了？」

竜兒的視線再度看到不該看的東西。因為被外面暴風雨吹襲而搖晃的窗子下方，木頭溝槽的部分滲出雨水了。不是水蒸氣凝結，是真的有水滲出來。

「糟糕糟糕糟糕！大事不好！必須快點想辦法……！」

「咦——！早餐呢？」

「想吃飯就拿抹布過來幫忙！就在盥洗室平常擺抹布的地方！」

大河一邊抱怨一邊把抹布拿來。竜兒先用抹布擦乾，接著摺好抹布壓住窗框。

「窗框濕了就會發霉腐爛……千萬別溼……！」

「話說回來，現在這個時代居然還有木頭窗框，而不是鋁框。」

「沒錯！所以還有可能長出香菇……！」

「嗯！哪種菇？」

「內褲菇！」

有那種菇嗎……？大河偏著腦袋發問。混蛋！竜兒不管大河，一臉嚴肅——沾滿雙手的善男信女鮮血怎麼樣也洗不掉，因為他剛才進行了一場大屠殺！並不是這樣。

「會不會還有其他地方在漏雨？如果衣櫃漏水可就慘了。」

「咦——！還來啊？好了沒有，我們吃飯吧！餓死了！我開始覺得不舒服了！」

「再等一下，先確認一下這邊。」

竜兒丟下身穿運動服、任性吵鬧的大河，握緊剩下的抹布先去確認自己的房間。天花板OK，窗台OK、衣櫃裡多少有些濕氣，不過沒有滲水。在同樣確認過泰子的房間之後，再去察看盥洗室、浴室。

「……大大大大河！」

「你這隻醜八怪狗少叫得那麼親熱！怎麼啦？」

「妳的頭髮卡在那邊！」

「啊，被發現了。」

大河用過的浴室排水溝蓋上，卡著只屬於大河的長頭髮。根據高須家的規定，這可是重罪。竜兒把舊牙刷和塑膠袋交給大河，要她快速回收。

「好！接下來——」

「還有什麼啊？真是夠了——！魚都冷掉了！」

「旗魚就算冷了也很好吃，不用擔心。玄關情況如何？鞋子發霉可是很恐怖的……」

竜兒徹底檢查玄關四周，在確認ＯＫ之前，他透過門上的貓眼看向外面。竜兒不禁屏息——風吹雨打的二樓玄關外面，因為橫向飛來的豪雨飛沫顯得一片雪白。

「上天保佑、上天保佑……真是太誇張了。」

「結束了？」

「結束了。吃飯吧。」

「太好了！」

竜兒洗過手回到廚房，把碗交給快等不及的大河，兩人總算在矮桌前就座。電視也停在報導颱風消息的頻道。

「開動！」

「開動——！啊啊，總算可以吃飯了！」

好不容易才吃到只有魚、味噌湯和白飯的簡單早餐。

兩人好一陣子沒說話，把用味醂煎過的旗魚放入嘴裡，咬下白飯，喝口味噌湯。餐桌上的兩雙筷子不斷描繪出神聖的三角形。

「啊。快看快看，電視在報了。」

大河沒規矩地用筷子指著電視。氣象播報員手拿簡報棒說明氣象圖：『颱風中午過後將由東方海面離開。』暴風半徑似乎會在中午之前離開竜兒等人居住的城鎮。

「中午過後？看見這種雨實在教人難以相信。」

窗外此刻仍是大風大雨。有如低吼的風聲以及隨風落下的大顆雨滴，感覺起來完全沒有減弱。「的確是呢。」大河點頭回應。

「高須農場現在不曉得怎麼樣了。」

大河咬著筷子前端，眉毛下垂變成八字形。竜兒也稍微擦拭額頭，嘴巴癟成ㄟ字型。

「想必是一團亂吧……我的番薯田……」

「……我的番薯……」

「都和櫛枝約好要挖番薯了……」

唉……兩人一起嘆息。這時大河的手機剛好收到簡訊。「是小実！」聽到大河的話——先吃飯，等下再看……竜兒當然說不出這句話。

「嗯——『學校停課實在太無聊了，又不能出門。高須同學的番薯田要不要緊啊？好想挖番薯，好擔心～～嚇死人嚇死人。』……她這麼說。現在馬上回信比較好吧。」

「喔……櫛枝……！她擔心我的番薯田！回信回信，快回信！」

「回信回信……『我也很擔心。竜兒也慌了，還哭著說原本好期待和小実一起挖番薯的。』……可以傳送了嗎？」

「……『小実』刪掉。還有『在哭』改成『感嘆』。」

「真是保守。」

「我本來就是保守派的男人。」

大河和現在的年輕人一樣單手按著手機回覆之後，這次輪到泰子房裡的手機響起。過了一會兒，「喂～～～～～～～～」……從地獄爬上來的宿醉女以沙啞的聲音回應。

竜兒把電視的聲音稍微轉小，和大河再度開始吃起早餐，沒想到——

「咦咦咦～～不～～好～～了～～」

身穿UNIQLO家居服的泰子以一團糟的模樣自紙拉門後面現身。她的髮型彷彿搞笑短劇裡面爆炸之後的模樣。雖然卸了妝，還是一身酒臭味。

「喔，看也知道不好了……要喝水嗎？」

「不好的不是泰泰～～～剛剛的電話是店隔壁的酒舖老闆打來……他說排水溝無法承受

這麼大的雨量，現在店前面的馬路淹水……我們店的入口有一半在地下，大事不妙……店裡可能淹水了。」

「嚇！真的假的？難道潰堤了嗎？」

「泰泰不知道……總之必須先去看看。大叔他們已經在幫我堆沙包，但是泰泰非去不可～他們說正在傷腦筋人手不足，嗚嗚～～～」

……這種場合不跟去幫忙，還算是兒子嗎？

3

打開玄關門的瞬間——轟！迎面而來的驚人風壓嚇了他們一跳。但出門之後就發現狀況比他們想像還糟。由高須家所在的二樓樓梯往下看，正如剛才大河所說，混濁的水磅礡流過馬路。排水溝彷彿間歇泉一般，冒出來不及排掉的雨水。

過去，而且是從江戶時代那麼遙遠的過去，這一帶是廣大的農田。把城鎮隔開的河流在歷史上也曾經數度氾濫造成水患。但是由於堤防的關係，近年來雖然不至於成災，但是高起的堤防後面與這裡正是海拔零公尺的區域，河川的支流也在城鎮底下四處奔流，可以說是排水不佳的地區。

「妳還是在這裡等吧！」

竜兒轉頭對著身穿運動服，外面套上雨衣的大河如此說道。

「不要，我要一起去！我也要幫忙！再說我想在颱風天上街走走……唔哇哇哇哇！要被吹走了！」

大河因為橫向吹來的風雨而發出慘叫。竜兒連忙站在上風處幫大河擋風，用手抓著鐵梯扶手，將她嬌小的身體擁在懷中。「呀啊～～！」泰子也發出大叫，從兩人旁邊抓住他們。

「這、這樣撐傘一點意義也沒有～～！大河妹妹，妳沒事吧～～？」

「噫耶耶……沒、沒事……總之先下樓吧！樓梯好可怕！」

「別滑倒喔！別摔下去！話說回來，我還是覺得妳待在家裡比較好！」

「這、這樣嗎？或許是喔。那我就……啊、等、唔、哇、哇、哇！」

「呀啊——！」

「喔！」

「噫～～！」

大河打算離開竜兒身體的保護時，正好吹起驚人的強風，讓她失去平衡。大河抓住扶手想要重新站好，不穩的腳步卻直接踏空鐵梯，接著一屁股往下摔。竜兒和泰子連忙追上她。

三個人的腳全都踏進樓梯下的水窪，溼滑的泥巴觸感很糟。這該不會是溢出來的地下水吧？三人同時驚慌地拔腳往對面的柏油路飛奔而去。

雖然還不到洪水的程度，但正如同從二樓往下看時一樣，濃濁的雨水以驚人之勢由左往右奔流。強風豪雨猛烈拍打身體，情況遠比想像中還要嚴重。

無言的三人在暴風雨中拚命前進，姑且抵達大河家大樓的入口大廳。這明明是徒步幾秒就能抵達的距離，他們卻花了好幾分鐘。水還沒淹到大理石階梯，他們進入大門，總算能夠稍微喘一口氣。

「太……太誇張了吧！妳真的要和我們一起去嗎？會後悔喔！」

竜兒撥開貼在溼漉漉額頭的瀏海，並且看向大河的臉。

「我已經後悔了！剛剛出門時還沒這麼嚴重！」

大河像隻渾身溼透的老鼠，原本拿在手上的傘不曉得什麼時候不見。她抓著泰子的手臂，幾乎快要哭出來。

「我懂我懂，妳就回家去吧！ＯＫ？我們回來再打電話給妳！」

「嗯，就這麼辦……啊！不行！啊啊啊笨死了，我怎麼這麼蠢……我把家裡的鑰匙忘在你家了……」

「咦咦咦……不會吧……」

大河重重點頭，不知所措的表情比平常更加無助：

「沒關係，我在這裡等你和泰泰回來。」

在這邊——大河環顧自家大樓的入口大廳。這裡耐得住風雨，確實是比較安全，但是沒有可以坐的椅子，也沒地方掛濕淋淋的雨衣，總不能坐在又溼又髒的大理石地板上。

「……這樣也不行。真是的，沒辦法。那我先送大河回我們家再過來，泰子先在這裡等我一下。」

「既然這樣，小竜也直接回家吧！」

「我怎麼可能讓妳一個人去！大河過來！」

竜兒和大河把一臉擔心目送兩人的泰子留在入口大廳，兩人一起再度踏入風雨之中，「唔……」「噫耶耶……」忍不住叫出聲音。迎面吹來的雨打得臉好痛。他們很自然地抓住彼此的手腕，拚命靠在一起。即使如此大河也沒有抱怨，兩人互相支持對方的身體，一步步走下大理石階梯。就在這時。

「……喔！計程車？而且是空車！」

「不會吧！真的是計程車！泰泰！太好了，計程車來了！」

簡直就像是奇蹟，在大雨滂沱的馬路那頭，一輛亮著空車燈號的計程車朝這裡開來。沒想到這種天氣還能攔到計程車。

竜兒滿心祈禱地招手，計程車濺著水花停車。「太好了太好了～～！」泰子迅速離開大樓入口，搶先快動作坐進車子裡。竜兒和大河互看對方，不禁感到猶豫。如果現在搭上車，大河就無法返回高須家。

「雨吹進來了，快點上車！椅子都濕了！」

被司機這麼一唸，兩人也只好連忙上車。「啪噠！」一聲關上車門，把風雨隔絕在外，竜兒忍不住重重嘆息。這種天氣帶著笨手笨腳的大河一起去著實教人不安，可是都已經坐上車了，又能怎麼辦。

「小竜，大河妹妹，怎麼辦？就這樣直接去店裡囉？」

「……喔，我們原本就是這麼打算，沒關係。妳可以吧，大河？」

雙手像貓一樣拚命擦著淋濕臉蛋的大河點了好幾次頭。

＊＊＊

計程車慢慢朝毘沙門天國開去。因為下雨的關係，視線一片霧茫茫，只能模糊看到前方車輛的車尾燈。

大河看著窗外說道：

「不過……狀況看來似乎好多了？雨好像變小了？」

「和剛才相比好多了，可是還是很大。」

風雨仍不停歇地吹落行道樹的葉子、吹動樹枝。路上處處可見折斷掉落的樹枝，車陣也是緩步前進。

「沒想到這種天氣還有不少人在外面……」

大河說得沒錯，人行道上行人雖然不多，但也不是空無一人。可以看見雨傘被風吹翻的西裝上班族逆風前行，也有些背著大包包的女性為了壓住裙子，索性就不撐傘。學校雖然停課，但是工作可沒那麼簡單說休假就休假。

平常總是空車的計程車，在這種日子特別受到歡迎。好幾輛從旁邊開過的計程車，都不見亮著空車燈。

「我們真是太幸運了，正好有計程車開過來。」

「真的真的。啊，平常約好的老地方。」

來到大馬路十字路口上，大河和竜兒一起看向窗外。每天早上去學校前，大河與実乃梨約好見面的地點，就在紅綠燈右轉之處。繼續直走就是他們的學校。

「……完全沒有在路上看到我們學校的學生。既然是颱風天，而且又停課了，這也是理所當然的吧。」

「老師們也放假了吧。不曉得你的番薯田怎麼樣了。」

「從這裡也看不見啊……應該不可能看見吧。」

「看不見。啊——啊……」

竜兒和大河兩人一起看向馬路前方的校舍。明知道就算這麼做也毫無意義，不過他們依然在意得不得了。

「唔哇～～」泰子突然發出叫聲：

「在那邊的人，是我們店附近的老婆婆三姊妹～～！不會吧～～在這種天氣裡，到底發生什麼事了～～？」

三名推著手推車的老婦人在大雨之中，站在沒有屋頂的公車站拿著小傘抵擋風雨。每一位都已經有相當年紀了，風雨中的三人彎著腰痛苦地靠在一起。

「公車晚到，所以她們一直在那裡等吧。再加上計程車也全客滿了。」

司機說得很不客氣。學校後面是醫院，她們可能是正要從醫院回家。

「……小竜……大河妹妹……」

泰子以快哭出來的臉看向兩人。兩個健康的高中生理所當然——

「……喔……」

「……也對……」

只能點頭贊成。

「司機先生，我們要下車，麻煩你過去載那邊的老婆婆～～」

聽到泰子的話，司機打著方向燈停在公車站。三位老婆婆臉上露出感謝上天的表情看著計程車，卻發現車子沒有亮起空車燈，又失望地縮回原本探出的身子。

竜兒三人連忙下車走入風雨之中，泰子對她們說聲：「婆婆，妳們趕快上車～～！」

「咦？還以為是誰，這不是毘沙門天國的媽媽桑嗎？」

「是～～的，我是魅羅乃～～！現在正要去店裡，不過在路上看到妳們，連忙請司機停車～～！太好了～～幸好我有看見～～！再繼續淋雨身體會出問題的～～！請妳們快點上車上車～～！」

「可是，這樣你們……」

「我們等公車就可以了。」

「沒關係，不用在意我們……啊！」

話還沒說完，側面吹來一陣風，把老婆婆拚命抓住的傘吹到對面車道。

「好了，快點快點！不用管我們！魅羅乃和我家的兒子女兒都是精神飽滿、體力充足，沒關係的～～！」

哇——咿☆竜兒和大河（雖然不是女兒，不過這種時候就別管這麼多）在風雨中拚命假裝有精神，露出笑臉，舉起雙手單腳擺出健康的姿勢。「唔呼～～」泰子也擺出久違的海盜兩人組擠胸部的姿勢。

看到他們的模樣，三位婆婆似乎也安心了，「得救了。」「對不起，謝謝你們。」她們鞠躬道謝，然後坐進計程車。

「啊☆對了對了，我們搭到這裡的車資……」

渾身溼透的泰子已拿出錢包，不過竜兒敲敲副駕駛座車窗，示意司機開門。

「妳也上車吧。我和大河沒辦法擠上去，我們從這裡回家。」

後座坐著三名老婦人，只剩副駕駛座還可以坐一個人。竜兒拉著母親的手讓她上車。

「咦～～？可是～～！」

「沒關係的，泰泰。趕快去吧！妳擔心店裡的狀況吧？快點趕去比較好喔！」

「唔耶～～怎麼連大河妹妹都這樣說……真是對不起！那麼泰泰就和婆婆她們一起搭車走囉～～！對不起～～你們要小心喔！」

關上副駕駛座，計程車在大雨之中往毘沙門天國的方向開去。大河和竜兒目送車子離開，緩緩看向彼此。

他們雖然不會因為自己的舉動感到後悔，但若是問起對於回家的路，不會感到害怕嗎？兩人鐵定回答：當然害怕。剛才是搭計程車來到這裡，現在必須想辦法回家。

兩人不由得沉默下來。就在這個時候——

「……啊！竜兒，那個！你看那個！」

大河用手指著排掉流過馬路的雨水的排水溝。垃圾和斷枝雖然遮著水溝蓋，但是那裡飄著一塊像是卡片的白色東西。走近一看，上面寫著：「番薯」。

「……騙人的吧……飄到這種地方來？」

「也就是說，番薯田……」

竜兒與園藝社的羈絆證明，告訴兩人高須農場現正面臨危機。

＊＊＊

他們雖然十分清楚這麼做太愚蠢也太膚淺，不過竜兒和大河仍然——

「唔哇！教職員辦公室亮著燈！」

「老師有來上班嗎？要是被發現鐵定不妙！」

他們打開沒上鎖的校門，跑過空無一人的運動場邊緣。

運動場的狀況當然很慘烈。各處都有水流，沙土還流到走道上。走在走道的竜兒和大河沒有撐傘，完全自暴自棄。他們睜大眼睛迎向推擠身體的風，皮膚任由大雨拍打，從頭到腳下的襪子甚至內衣褲，全部都像泡水一樣溼透。

「……我們只是去看看！」

「沒錯！只是去看看、只是去看看！因為我們很擔心！」

「與其一直不安，不如親眼確認，在精神層面也比較衛生！」

「我們又不是去看氾濫的河水！」

現在明明是早上，天空卻是一片昏暗。他們朝著番薯田跑去。

大河在羞恥運動服外面，套著昨天借給泰子的卡其色雨衣，腳上穿著雨鞋。竜兒則是體育服加上吸汗運動褲，外頭披著黑色風衣，腳穿運動鞋。兩人的裝備雖然完美，但是面對颱風的大風大雨卻絲毫無招架之力。雨傘早就拿不住，衣服的帽子不管戴幾次都被風吹開，竜兒和大河從頭溼到腳。長頭髮的大河特別辛苦，頭髮貼在臉頰和雨衣上，讓她忍不住不高興地伸手抓了好幾次頭髮。

可是必須去看番薯田才行。對竜兒來說，那裡不僅僅是番薯田，還有更深刻的意義和價值——同時也是約束之地。

「……你最近真的很得意忘形。」

對大河來說也是，因為她最喜歡番薯。

「……被小実誇獎、約好見面就興奮過頭。」

番薯是她的最愛，再加上——

「大河……」

「……你興奮成那樣，像個蠢蛋一樣得意，結果全被颱風毀了，這下……」

再加上——

「這下不行……！我不允許！」

跑在前面的大河稍微轉頭，竜兒只看見在狂風暴雨之中，連接大河鼻尖和嘴邊線條的雪白側臉仍然纖細美麗，彷彿任何人都無法靠近、觸碰般堅硬。不過——

「番薯……如果能夠平安採收，妳想吃什麼番薯料理我都做給妳吃！隨妳喜歡！」

「真的嗎？」

觸摸之後就會發現上面帶有溫暖的血液溫度。大河的嘴唇開心放鬆，描繪溫和的曲線。

看到她的模樣，竜兒也不禁跟著綻放笑容：

「喔！我會讓妳吃最大的那個！」

「那是當然的！」

襲向身體的雨依然猛烈。不過兩人繞過運動場跑進校舍後面，抵達泥水湧出的花壇時，東方天空厚重的雲層突然裂開，遠處一道陽光彷彿金色透明的帶子，撒向地面。

暴風雨應該快要離去——但是。

「唔哇……！不會吧？」

高須農場的土壤已經流失大半。「太慘了！」大河也忍不住大叫。意料之中的情況果然襲擊了番薯田。

特地培育的土化為泥巴，從水泥磚四周溢出地面。枯萎的紫蘇與昨天還那麼茂盛的番薯葉全都沉在泥水之中。

竜兒穿著運動鞋踩進去「喔！」「唔哇哇……！」泥巴幾乎淹到腳踝。竜兒小心翼翼地蹲下，心一橫伸手一插，撥開沉入泥巴的莖。

「……找到了！找到了！有番薯！」

奮力一拔，兩顆相連的番薯從泥水裡現身。

「竜兒！我也找到了！這邊有東西！」

大河也把手插入土裡，「嘿咻！」用力扯出莖，卻聽見「啪！」一聲，番薯莖斷了。

「……咿咿咿……！」

「大河？唔哇……！妳……」

失去平衡的大河狠狠跌坐在泥巴裡。事情發生太過突然，兩人同時說不出話來，竜兒也忘了要扶大河起來，傻傻看了她好幾秒。然後——

「……唔喔喔喔喔喔！可惡的混蛋番薯太郎！」

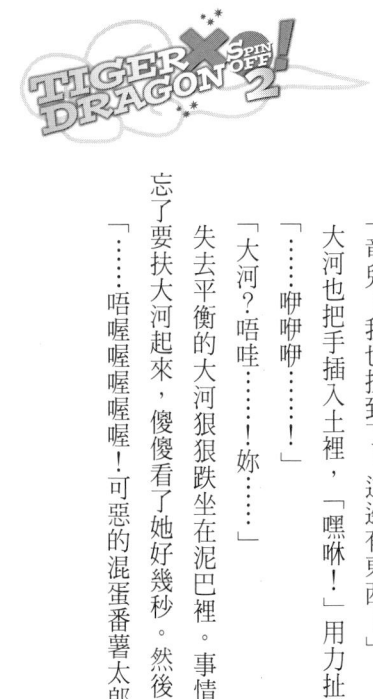

掌中老虎覺醒。大河自泥巴裡跳起並且猛然起身，抓住斷裂的番薯莖用力拉。在橫向飛來的雨水之中，大河扯出三顆小番薯。

「噗哇！」

因為用力過猛，飛濺的泥巴噴到竜兒身上。看到竜兒的臉，滿身泥巴的大河抱著肚子大笑，手上還拎著番薯，「哈哈哈哈哈！」發出惡魔的狂笑。

「對了，也把小実找來！我們約好讓她一起挖番薯！」

「啥！在這種天氣叫她過來？她不會來吧？」

「放晴了！吶，你看！」

即使臉上和手上被泥巴弄髒，大河仍然自信滿滿地指向天空。彷彿是在等待她的動作，東邊天空的雲層縫隙緩緩擴大，從站在滿是泥巴的番薯田裡的大河與竜兒頭上，開始溫柔射下溫暖的光芒。

等到滿臉笑容的実乃梨過來時，雨像夢境一般停了。

三人一身泥巴挖番薯，並且輪流拿手機幫對方拍照。被泥巴弄髒的臉實在太好笑，所以他們想要留下來當紀念。

暴風雨離開，竜兒也遵守他的約定。

＊＊＊

那則照片簡訊在某所高中的學生之間流傳，是那年冬天的事。照片裡一臉漆黑的神祕男子雙手抓著番薯，露出不吉利的笑容。失焦的照片裡，只見男子的眼睛放出有如雷擊的驚人光芒，模樣十分恐怖。

不曉得是誰流出這張照片，多數高中生都嚇得不得了，最後終於有人給照片上的男子取了一個奇怪的名字——番薯魔。

「……真是不可思議。到底從哪裡流出去的？」

「那不就是妳拍的照片嗎！現在我要怎麼跟大家說照片上的人是我……太丟臉了，可惡，什麼番薯魔……！」

「噗！有什麼辦法！無論聽幾次還是覺得好笑啊。」

「……至少比掌中老虎好多了。」

「番薯魔絕對比較好笑。啊——好冷！今天晚餐吃什麼？」

「這個嘛……」

老師的最愛

你、你在搞笑吧？戰戰兢兢地問了一句。

「是在搞笑。」

表情嚴肅的北村祐作乾脆回答之後緊抿嘴唇，用中指推了一下銀框眼鏡。戀窪百合看著那對清澄的眼睛，不由得說不出話來。

「我永遠是全力投球。」

全黑的學生頭——現在要怎麼跟理髮師說明才能剪出那種頭？這也成為老師之間好奇的謎題。制服鈕釦扣到脖子，一絲不苟的制服穿法光看就教人窒息；有如青竹不斷上升的身高；令人忍不住想湊近凝視眼鏡後側的端整長相。

他有著彷彿畫中才會出現的好學生長相，還有一對健全漂亮的眼睛。

「全力投球，所以我想試著成為失戀大明神！」

——就是這樣才教人無法拒絕。

現在是老師忙得團團轉的十二月，在放學後的教職員辦公室角落，用屏風圍出來的面談空間裡，班導戀窪與可愛的學生坐在沙發上面面相覷。戀窪只能低聲沉吟：

「……這……這樣啊……」

「是的。因此希望老師務必協助。」

北村臉上浮現爽朗的微笑，將擺在小茶几上的「企畫書」往戀窪的方向推了幾公分。戀窪笑看他的舉動，小聲說道：「嗯……這個嘛～」同時若無其事地將企畫書推回去。但是北村又說了一句：「請您過目。」再次把企畫書推回戀窪面前。

如果看了，就會演變成必須允諾的情況。

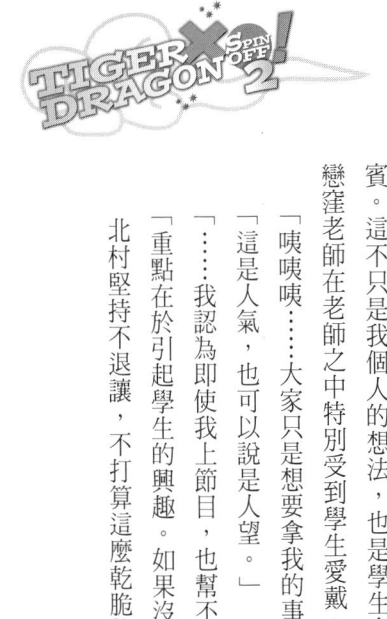

「……不，那個，該怎麼說……老師沒興趣……北村同學，對不起，老師必須拒絕。」

戀窪的視線游移，伸手撥弄結束一天課程後快要塌下來的捲髮，想要嚴正拒絕魄力十足的班長。但是——

「請別說那種話，還請考慮一下。我從有這個企畫開始，就希望邀請戀窪老師擔任來賓。這不只是我個人的想法，也是學生會全體——應該說是這間學校所有學生的想法。因為戀窪老師在老師之中特別受到學生愛戴。」

「咦咦咦……大家只是想要拿我的事說笑而已吧……」

「這是人氣，也可以說是人望。」

「……我認為即使我上節目，也幫不上什麼忙……」

「重點在於引起學生的興趣。如果沒人要聽廣播，節目就做不下去了。」

北村堅持不退讓，不打算這麼乾脆放過班導。不管怎麼說，務必要請到老被學生拿單身話題開玩笑的三十歲未婚老師，參加學生會企畫的午休廣播節目——「你的戀愛啦啦隊」擔任值得紀念的第一位特別來賓。主要就是希望戀窪老師能在明天中午、在工作場所，對學生們生動述說個人的戀愛故事。

北村祐作這名新任學生會長則是以「失戀大明神」的身分擔任節目旁白，親切服務為戀愛所苦的思春期學生。根據他本人的說法，似乎是很認真在開玩笑。

但是那不是玩笑。

戀窪以雙手按著滲出討厭汗水的腋下，彷彿緊緊抱住自己。在各種意義上來說，她無法答應北村的要求。而且她也不想。

在以Word製作的有模有樣企畫書裡——「學生會替學生策劃的午休廣播節目！以戀愛話題為軸心，超越學年與班級的障壁，創造羈絆！讓新的學生會更加親近學生！」……等句子躍然紙上，以高中生的想法來說，這個內容相當具說服力。不愧是北村祐作，新的學生會早已開始活動。然而——

「我還是覺得很奇怪……姑且先不提我的狀況，為什麼新的學生會長必須以『失戀大明神』身分獲得學生們的信賴？不能以原本的北村同學取得信賴嗎？何必刻意這麼做……」

「……我是認真的。」

中間挾著企畫書的兩人互換視線。

「我非得搞笑不可。」

老實的傢伙之所以危險，在於抓狂時的對比過於強烈——北村撥開全黑瀏海的動作，大概是無意識的。結實的肌肉在皮膚留下痕跡，視線移到修長到不平衡的手指。

他用脫色劑將髮色褪掉，並且染成非常不適合他的金色，還有眼鏡後面的視線瘋狂到難以接近、反抗地瞪視世人等等——這些都是幾個星期前的事。

他在全校學生面前狠狠被甩，而他的女性友人為了替他報仇，與他的告白對象爆發流血衝突，最後搞出停學事件。這也是前陣子的事，那名擁有「掌中老虎」別名的女性友人現在仍在家中反省。

或許不應該說「奇怪」戀窪後悔自己的失言。在眼前這位十七歲的他，此刻依然是個傷痕累累的孩子。

「……我想老師也知道，我現在正處於人生的瓶頸。」

或許是老實，北村毫不修飾地將自己尚未癒合的傷口攤在戀窪面前。低沉發抖的聲音、尷尬蹙起的眉毛、失去冷靜的抖腳模樣，一切都與平常的「北村祐作」相去甚遠。看來少年真的被逼到走投無路。

「全校學生知道我那樣被甩，會長離開……連逢坂都被捲進來，我害她的人生多了停學這道傷口。」

北村放在「喀噠喀噠！」晃動的茶几上的原子筆，也跟著「喀噠喀噠！」跳動。戀窪以若無其事的動作壓住筆，她打算附和北村，因此試著加以回應：

「……不、不過逢坂同學下週就能復學了。」

「沒錯！所以我認為自己必須在那之前重新站起來！我想以沒有改變的自己迎接逢坂回來！我絕對不會再讓大家擔心，給大家添麻煩。」

北村彷彿是在自言自語。受傷的好學生以演講的姿勢單手握拳，又說了一次：「絕對不會。」愈來愈危險了。「老師也同意吧？」這種熱切尋求認同的話語也很恐怖。

「北、北村同學，振作……」

「對！我想振作！我搞砸了！老師也親眼看到了吧？」

「……唉，嗯，這個嘛……」

「可是那樣跌倒之後，非得得到什麼再站起來不可！人生的收支永遠都應該是黑色！這個場合所謂的『得到什麼』，毫無疑問就是失戀角色，對吧！」

「……唔、嗯——？」

「因此我想當失戀大明神！」

那道帶著莫名頑固凝視的眼神，讓戀窪感覺更危險。北村八成沒注意吧。他只是不斷誠實地、認真地、嚴肅地、痛切地陳述自己的真心。

「正如老師所說，我也想早一點振作！想要讓收支翻黑，快點在人生道路上重新站起來！我也很焦急！可是真的很難！光有氣勢卻沒有精神！老實說，我現在還在不停想著各種亂七八糟的事，晚上也幾乎睡不著……所以！正因為如此！」

北村站起來，在戀窪面前把手一揮，擺出揮開披風的動作：

「我必須認真地盡全力搞笑才行！」

「……」

戀窪終於連低吟聲都發不出來了。無論是北村高舉的手指，或是閃耀必死決心光芒的眼神全都充滿真摯。不管戀愛啦啦隊或失戀大明神，對北村來說全都不是在開玩笑……比起想要認真的人，或許應該稱呼他是很難活下去的人？無法不去看自己的失敗、傷口與恥辱，必須概括承受並且下定決心超越的傢伙。

「……唉。好了、好了、好了……總之你先坐下吧。」

戀窪一邊對北村露出含糊的笑容，一邊思考要如何委婉拒絕再度坐在沙發上的北村。如果告訴他：隨便應付應付，不想看的東西就挪開視線，大家害羞一笑，當成什麼事也沒發生地忘了吧。這就是人生——若是真的這麼跟他說，這位認真固執的好孩子或許會覺得「老師太小看我的煩惱了」。

「呃，該怎麼說，總而言之——」

戀窪稍微舔了一下唇蜜脫落而感到乾澀的嘴唇，慎選用詞之後開口：

「說是人生的瓶頸還太早了。北村同學才十七歲，成為大人之後會有更多辛苦接二連三降臨，我認為目前的情況算不上是瓶頸。」

「……老師現在過得比十七歲時更辛苦嗎？」

「是啊。唉，年輕時當然也曾經為了許多事情痛苦煩惱，不過那些都還算單純。成為大人之後要為了生活、為了人際關係、社會政治、每個月的支出、不想參加的聚會、中性脂肪，還有稅金、父母的經濟狀況、討厭的親戚、無法逃避的法會、相遇告白交往求婚訂婚結婚喜宴續攤懷孕生產養小孩！住家！婆家！有的沒的！真的非常複雜。母親是真言宗，父親是禪宗，可是祖父是養子，本家三男的姊姊是寡婦如何如何這個那個，墳墓的費用是誰支付有的沒的，祖父每年過年給寺廟多少錢，祖母、父母親不知道——還要繼續說嗎？」

「已經夠了。」

北村隨手推了一下眼鏡，嘆口氣表示投降：

「我已經充分了解大人世界的複雜。」

「對吧？變成大人之後根本沒時間結婚，真的。」

硬是打出煙霧彈，戀窪若無其事地看看牆上的時鐘：「那麼我差不多……」打算以相親媒人的動作華麗起身。不料——

「那麼……老師的『人生瓶頸』是現在嗎？」

「咦？」

出其不意的問題，讓戀窪忍不住眨了眨塗著深褐色睫毛膏的捲翹睫毛。

我的人生瓶頸——這句話瞬間喚醒她的記憶：旋轉的腳踏車車軸聲、踩著腳踏板的沉重感覺、一個沒留神，就會讓車輪陷入泥巴裡的車輪痕跡。

在鄉下的那些日子彷彿連鎖效應接連被喚起。

「我的人生瓶頸是……啊啊……哇啊……我都忘了……」

「老師？」

戀窪當著不解偏頭的學生面前，背靠太過柔軟的沙發，不知不覺感到全身無力。才不到幾秒鐘，她已經保不住身為教師的樣子，戴著隱形眼鏡的眼睛視線在日光燈附近徘徊。

這麼說來，自己也曾經歷丟臉至極的瓶頸期，現在才能活在這裡。靠著手指的下巴呼出一口氣。這些日子的忙碌讓她完全忘了，但是——沒錯，那段糟糕的日子就是瓶頸！當時的記憶一一甦醒。我到底是如何從那裡爬出來的？

至少不是隨便應付就能存活，沒有那麼簡單。因為……對了，當時的我還是個剛從大學畢業的社會新鮮人。

戀窪百合也不是打出生就是三十歲單身，她也曾有過二十二歲的時光。

＊＊＊

看到來的是個年輕女老師，應該會很高興地出來迎接吧——

「……啥！」

沒神經、沒神經、沒神經！一言一語全都沒神經到無藥可救！

扭曲著滿是汗水的臉龐，戀窪百合（22）將憤怒轉換為力量，踏著沉重的腳踏板。每踩一次，鏈條就發出一聲慘叫。

在當地最偏遠的這個村子，在山裡這條穿過竹林、沒有行人的路上……戀窪的腳踏車（九千八百圓）搖搖晃晃。然而……

「哪有……年輕女生、穿運動鞋、騎淑女車、上班的……呼……！啊——累死……！不行了！」

戀窪蹣跚下車，趴在腳踏車龍頭上氣喘吁吁，衣服全是汗水，更別提妝早就花了。她任由泥土弄髒運動鞋，拉著腳踏車爬上斜坡。

事情會這樣，絕對不是因為「年輕女老師」的關係。四月時一口氣剪短的頭髮，過了兩個月早已經變長翹起，套裝都已經穿過一輪，自己也不知道為什麼會變成POLO衫搭配及膝裙的打扮。怎麼可能有這種年輕女生──不，降低標準來看還算是個年輕女生。不過我絕對無法饒恕剛才那番言論。

「當了二十年老師的人居然做出那種事……太沒水準了……」

戀窪突然受命擔任二年級某班級的副導師。班上有名男學生從來不曾上學，戀窪也知道這件事──不曉得他要不要緊？到底是什麼原因？戀窪也想了許多，不過不習慣的工作量龐大責任也不小，好不容易勉強撐過第一次期中考。正想稍微喘口氣時，她的前輩，也就是導師要她放學之後過去學生的家裡，確認本人的情況。原本以為身為導師的對方也會一同前往，沒想到對方要她自己一個人去。

要素未謀面的我去拜訪，沒有什麼意義吧？這麼一問，得到的卻是剛才那番年輕女老師的言論。

不曉得那名學生因為什麼事不來上學，唯一可以確定的是──有年輕女生出現，學生就會興奮現身──如果學生知道自己的班導有這種想法，一定會很難過。

「……怎麼會有那麼沒神經的傢伙，說中人心最脆弱的事……」

啊哈哈，這樣啊，啊哈哈──姑且不論只能含糊一笑帶過的菜鳥老師，是否有資格擺出了解的表情自以為與學生站在一起，她甚至連如何排解被當成「魚餌」的不甘心都不曉得。

即使如此，工作歸工作。戀窪只得拖著腳踏車拚命登上斜坡。

她突然感到不安，從口袋拿出影印的地圖攤開。很好，沒走錯。越過這座山的水田盡頭就是他家。

如果有車就不用這麼辛苦了。「……！」她狠狠一巴掌打死停在手臂上的蚊子，不過自己也很痛。一口吹飛打死的蚊子，心情也因為這個活祭品稍微愉快……才怪，是壞到極點。

車子——撞壞了。

現在想起來都覺得懊悔。上週末原本想安慰被調到與期望完全不同的單位、忙得要死的男朋友（22，交往第四年），誰知道要找他去兜風的話才剛說出口——「可以做自己想做的工作、當個公務員的妳真是好命啊。兜風？薪水來自人民稅金的人，說出來的話還真是奢侈。反正我薪水低又身心俱疲，一輩子也買不起車子。」——啐！對方態度惡劣地掛了電話，沒約成就結束對話，最後竟然演變成這種情況。「啥？這算什麼啊？我當然知道你累，可是為什麼要針對我？你明知道買車的錢，是我一直以來打工賺的啊！」……帶著想哭的心情一個人兜風結果出車禍，車子左前方撞上護欄，除了撞碎車頭燈，車身還「喀～～啦喀啦喀～～啦喀啦！」磨過……幸好路上沒人，沒給別人造成麻煩，自己也沒受傷。再過兩個星期車子應該就能修好。

「真是受不了！真是……！」

她一面唸唸有詞，一面深呼吸。

站在悶熱的竹林斜坡頂點，戀窪瞪著頭上的藍天，眼前是直線下坡。「上吧！」帶著幾分自暴自棄的她跨上椅墊，把包包繞到背後。斜坡下方是綠色稻子搖曳的水田，水田旁邊有棟房子，應該就是那名拒絕上學的學生家。離開學校之前戀窪曾經打電話過去，但是沒有人接，很可能沒人在家。不過畢竟這是工作，還是得過去看一下。

她輕輕握住煞車，踢了地面一腳。腳踏車先是緩緩往下滑，接著開始加速、愈來愈快，等到迎面而來的風變強，她便握緊煞車打算減速慢行，沒想到——

「咦！」

喀鏘！一個陌生的聲音響起，左手握住的煞車突然失去抵抗，視線角落看見細線一般的東西彈開，這才反應過來是左邊的煞車壞了，同時感到驚慌失措，並且反射動作地用力握緊右手的煞車，但不知為何——

「不會吧啊啊啊啊啊啊呀啊啊啊啊～～～～～～！」

另一側的煞車線也彈開，當著她面前脫落。手中的煞車發出「啪喀啪喀！」聲響，但是沒辦法停住輪子。

這下子已經無能為力，只見腳踏車一口氣滑下斜坡，「停下來停下來停下來啊啊啊啊啊！」戀窪只能放聲尖叫。慘叫、流淚、拚死緊握龍頭，無論如何她都不想摔進水田裡。「絕對！只有！青蛙！不行～～啦啊啊～～！」一邊全力祈禱一邊束手無策地全速前進。

「……噫噫噫！」

戀窪展現奇蹟似的操控技術，輪子輾過水田旁邊的樹叢總算減速，手肘和肩膀撞向矮石牆，最後發出一聲巨響，狠狠撞上別人家的門柱。腳踏車當然就此倒下，戀窪則是摔進樹叢裡，膝蓋著地之後跌倒仰望藍色天空。過了幾秒。

——這是一場夢。

「好……痛……！」

這才不是真的，騙人騙人。總之先坐起來再說。戀窪癱坐地上，戰戰兢兢地確認自己的慘狀。倒在一旁的腳踏車、疼痛的肩膀，還有手肘、掌心、膝蓋……都流血了。絲襪破了，傷口上面滿是塵土，給人非常不妙的感覺，鮮血慢慢滲出，手掌也在流血。

她還是不願相信這是現實。POLO衫和裙子全髒到不像個大人。戀窪百合癱在路上……搞不好會哭出來。話說回來，搞成這副德性怎麼辦？絕不能讓學生看見。可是這下子回得了家嗎？自己還有辦法再一次騎著腳踏車越過那座山嗎？

站不起來的戀窪，茫然看著自己膝蓋上的傷。就在這時——

「……咦？」

什麼東西打到背後。嚇了一跳的她忍不住回頭。

好像透明人——這是第一印象。

雪白的臉蛋好小。明明是六月卻穿著一身黑色運動服，體型瘦小好像小孩子。留長的瀏海垂在洋娃娃般的尖鼻子旁邊搖曳。天生栗子色的微捲髮，柔軟得彷彿一碰就會融化。

然而潤澤的嚴肅雙眼裡，好像帶著火花一般充滿敵意。

「……啊，你、你該不會是……？」

戀窪坐在樹叢裡仰望那名少年……不，這也沒什麼好奇怪的，因為這裡是他家。他一定是聽到外面的聲響才出來的。

在鮮少接觸外面空氣之人獨有的滑順肌膚上，那對無助卻又充滿防備的微閉雙眼，恐怕正在訴說害怕——或許對他來說，除了自己之外的東西全是異物。他的運動服和眼神都代替他大喊：「別靠近我！」一看就知道不可輕易觸碰。他穿著母親拖鞋的腳轉身快步走開。

戀窪抓起他丟來的布（……抹布），坐在地上問道：

「……這、這是要借我的嗎……？」

不確定他是否點頭，只見他的動作好像不習慣人類的野獸般快速，一眨眼已經進入玄關，嘎啦嘎啦喀嚓！用力鎖上門，但是可以清楚看見他躲在毛玻璃門後面看著這裡。

「呃，那、那個！我是副導師戀窪，呃……我是來看看你的情況！」

來看你的情況，然後在你家門前狠狠摔車——

「現在回想起來，那個孩子和逢坂同學很像。」

「……咦？」

「也就是神經質的美少女類型……應該說美少年才對。啊，謝謝。」

戀窪接下北村遞來的客人專用茶杯，清楚想起記憶中那名少年的模樣。這個面談空間擺有熱水瓶和茶壺，當話題似乎要聊很久時，可以自行泡茶。北村也為自己倒了一杯，「這個應該可以開吧？」並且擅自從罐子裡拿出煎餅。

「老師要有海苔的……嗯，該怎麼說，臉的輪廓和整體氛圍……好像累積不少不滿，就是感覺已經在倒數計時準備爆發的孩子，那種特有的無可奈何真的很像逢坂同學。」

「男生版的逢坂嗎？原來如此……那就暫稱逢坂同學（男）吧……」

選了幾個煎餅坐回沙發，北村也望著遠方喝茶。

「感覺很意外，又好像可以想像……」

＊＊＊

與逢坂同學（男）的邂逅並非到此為止。沒想到隔天清晨馬上又有新發展。

「這是……什、什麼？」

「……」

拒絕上學的男生出現了——在其他老師的注視下，戀窪從逢坂同學（男）手中接過用手帕包住的神祕物品。

在最靠近教職員辦公室入口的菜鳥老師座位前，逢坂同學（男）絕對不與座位主人戀窪對上視線，低頭掩飾端整的斯文臉龐。雙手抱胸的動作，彷彿是要遮擋由夏季制服短袖襯衫所露出的纖細雪白手臂，同時不高興地咬著嘴唇。即使如此，他還是站在戀窪面前。

手上感覺到沉甸甸的重量，戀窪戰戰兢兢地打開那個包得好像便當的東西。

「……是腳踏車鈴……」

並不是什麼令人吃驚的東西，而是自己昨天弄掉的腳踏車零件。

「你為了送這個而來嗎？」

「……」

玻璃彈珠般透明的眼睛看看左右，小小的下巴瞬間以點頭的動作上下搖動。

「謝謝你特地送來。」聽到這句話，逢坂同學（男）動了一下有如少女的水嫩臉頰，似乎想要張開嘴唇。然而——

「怎麼回事！你居然來上學了！隔好久了呢！耶、喂！」

沒神經的男性教師，親熱地用力拍打穿著夏季制服的單薄背部。少年的雙眼瞬間變得空洞，彷彿蓋上一層薄膜，坐在正前方的戀窪看得一清二楚，讓她忍不住屏息。

「真的耶，難得這傢伙會出現。」

「對學校有愛了嗎？嗯？」

「該不會明天開始又請假兩個月吧？哇哈哈！」

老師一個一個開玩笑地用力拍打他的肩膀，逢坂同學（男）的身體不禁搖搖晃晃。（拜託別再拍了……）戀窪只能害怕地看著那張低下的臉逐漸變得陰沉。他以服下劇毒的表情緊咬薄唇，只有快要無法確定焦點的眼睛，閃爍著惡狠狠的光芒。身體周圍的結界被人輕而易舉地踏入，只要看到微抖的眼皮，相信誰都知道他不耐煩到渾身汗毛直豎。

「要……要不要緊？」

等到其他教師離開之後，戀窪忍不住開口詢問。或許也是因為自己覺得他之所以會來上學，似乎有哪裡不對勁。

不，他願意來學校當然是好事，不過卻比想像中還要快。昨天還那樣躲在玄關裡拒絕上學的學生，在隔了兩個月後的今天竟然突然出現在教職員辦公室，一般人一定會好奇吧。該不會年輕女老師的引誘戰術真的有用？怎麼可能，絕對不可能。

可是戀窪不知道如何巧妙詢問他「為什麼來學校？」頂多只能做到別亂踩地雷，沉默仰望逢坂同學（男）的蒼白臉龐。可是逢坂同學（男）沒有把戀窪的體貼看在眼裡，露出後悔的表情，以非常悔恨的模樣瞪視教職員辦公室的地面。

纖細的手指撥了一下瀏海，用力閉上顫抖的眼皮。看了一眼戀窪滿是ＯＫ繃的膝蓋，便轉過單薄的身體。「唔哇！」「喔，你怎麼來學校了？」——快步往前直走，大力撞到老師也不在乎，直接走出教職員辦公室。

戀窪聽見開著沒關的教職員辦公室門外走廊上傳來男學生的叫聲：「痛死了！你搞什麼啊？」連忙起身追到學生往來的走廊。不出所料——

「撞到人應該道歉吧，紙片男！」

被撞到的男生揚起眉毛，擋在逢坂同學（男）的面前：

「話說回來，你怎麼還沒休學啊。」

「……嘖。」

其他學生聽到莫名清晰的咂舌聲，也轉頭看向兩人。

「關你屁事，吵死了醜男。」

「你說什麼！」

「擋路的人是你，快滾開。」

先出手的人很明顯是逢坂同學（男）。纖瘦有如少女的身體，卻擁有難以置信的運動神經，不斷使出快速的「掌底」招式——完全沒有這回事。

只見雪白的小手以小孩子打架的動作拍向對方的手肘，那一下攻擊實在看不出有什麼傷害，不過可以確定已經挑起對方的怒火。「幹什麼啊！你這個王八蛋！」「我早就看你不爽了！」「趁現在教訓一下吧！」「一起動手！」

轉眼間，連圍著兩人的其他男同學也開始對過度囂張的怪傢伙口出惡言。戀窪和發現騷動的其他老師全都急忙介入學生之間。

戀窪也在那天得知全校學生稱呼逢坂同學（男）為「囂張紙片男」。

「外表和內在都很像逢坂，綽號是……囂張紙片男。」

「對，只有腕力完全不像。戰鬥力明明弱到可憐，攻擊性卻意外地高，當然會成為眾矢之的。」

一邊咀嚼第二片煎餅，北村推推眼鏡往前傾。或許是因為八年前那位同學的影像，在他腦裡與因為暴力事件而遭到停學的女性友人重疊在一起，北村似乎真的很關心。

「那位被大家教訓的逢坂同學（男）還好嗎？」

「……那樣可以算還好嗎……？」

至少還保有一條命——這種說法或許太誇張，不過好像也不能說還好。

「鼻血停了嗎？」

聽到戀窪小心翼翼的聲音，白色被單下的身體仍然沒有反應。他躺在保健室床上蓋著被單一動也不動，已經過了幾十分鐘。這也是副導師的工作——戀窪對保健老師這麼說，並且請他離開，一個人靜靜等待逢坂同學（男）從被單外殼裡出來。

「……就是因為那些爭執，你才不來上學嗎？」

戀窪心想他八成不會回應，沒想到逢坂同學（男）——

「我……」

像是困在蜘蛛網上掙扎的蝴蝶，他從被單深處裡鑽出來露出眼睛：

「我沒有被欺負。」

你明明在哭！為了顧及他滿是傷痕的自尊，這種話當然無法直說。「知道了。」戀窪點點頭並幫他拉上被單，遮住通紅的眼睛。被單裡的逢坂同學（男）以悶住的聲音低聲開口：

「只是——」

他抽抽搭搭好幾次，不敢大口喘氣。

「無法原諒……只是這樣。我不想那些怪傢伙厚顏無恥地擅自闖進來，打亂我的世界、我的平衡……只是這樣。」

戀窪心想，簡單來說就是不希望和他人活在同一個空間嗎？即使自己不允許，他人依然存在於同一個地方。他不喜歡這樣嗎？他不允許自己不想要的事物存在生活裡嗎？怪不得，原來如此，所以他只能穿著運動服躲在家裡，一個小鬼頂多只能做到這種程度。

「……我、我知道奇怪的是我，怪人是我……只是……我希望大家別管我……可是一旦開始請假不來上學，老師和其他人又會開始說閒話……還有……多管閒事……」

思春期孩子特有的自我意識膨脹。

誤以為只有自己最特別，世界的中心就是自己。

超越極限的防衛本能，造就他的攻擊性。

再加上漂亮的長相，光是他的存在，就醒目到成為他人視線的焦點。這一點也是他過於殘酷的命運嗎？

……經過這麼解釋之後，多少能夠理解小孩子那種莫名其妙的理由。但是……

「昨、昨天老師那樣子出現……我發現妳掉的腳踏車鈴……心想那或、或許是個契、契機……可是、可是果然還是……唔……不行……」

「好了好了。」

啪。戀窪很輕，真的很輕，小心的動作彷彿是為了避免破壞少年的結界，輕拍了被罩底下隆起的肩膀，想告訴意外坦率說出真心話的他，不用再說下去沒關係。明明是渾身帶刺的防備，但在發現我沒有打算攻擊之後便改變心意，自己放下護城河上的吊橋，開始導覽城堡的核心地帶嗎？

再度恢復寧靜的空間裡，戀窪想著莫名其妙的事情。那就是課堂上經常用到的「寫感想」方式。「表現自己的感覺」「試著設身處地思考」「寫出如果是自己面對該怎麼辦」「誠實面對自己」「在大家面前發表」——對於認真聽進去照做的人來說，這等於是敞開心胸顯露內在。老是叫「學生」這種人做這種事……其中特別敏感的孩子若是哪一天神經斷裂，那也沒什麼好奇怪的。

把自己剖開來讓大家看。老師你看這裡是心臟，這裡是肺臟，這裡是胃，還有食道、腸子、肝臟、腎臟，這是我的胰島——叫學生寫感想，就彷彿是在肉店要他們將構成自己的內臟一一暴露在他人眼前。幾分呢？這樣可以為平常分數加分嗎？如果他們有小聰明，懂得用理論保護自己還好，可是對於那些認為自己必須對老師認真陳述內在的學生來說，早有同樣程度的害怕，以及活生生的自己即將被打分數的覺悟。

（……不只是「學生」如此，戀愛也一樣。）

就像認真思考戀愛的傢伙同樣希望老實展示內臟。將毫無防備的真正自己，也就是敞開與內臟同等重要的部分給對方看，用來保證思念的質量。

戀窪覺得看向躲在被單底下，神經過敏的少年是一種同情，於是改坐到稍遠的椅子上。看來他也是那種會認真思考的類型。既然他真誠地對還沒說過幾句話的我敞開心房，那麼我也想好好加以回應。戀窪百合自己即使已經不是學生，或許仍是會對別人推心置腹的人。

「不用原諒他們也沒關係。」

被單底下溫暖的身體抖了一下。

「至少要學會保護自己的方法。老是對進入眼睛的異物生氣也不是辦法吧。」

戀窪說的話或許不像是老師。二十二歲女性的聲音在寧靜的室內迴響。逢坂同學（男）從被單裡悄悄探出蒼白的臉蛋，像是要更加清楚聽見她的聲音。他發紅的眼睛仰望戀窪，鼻孔插著兩根染成血色的塞子。

「所以只要無視他們就好。」

「……咦……」

「可是如果真的發生無法無視，甚至無法饒恕的事情，那就告訴我吧。無論什麼事情都可以，試著對我說看看。對了，你會用MAIL嗎？我告訴你我的E-MAIL。」

看到逢坂同學（男）點點頭，戀窪拉過手邊的便條紙，用原子筆寫下自己的E-MAIL並且交給他，對他露出笑容：

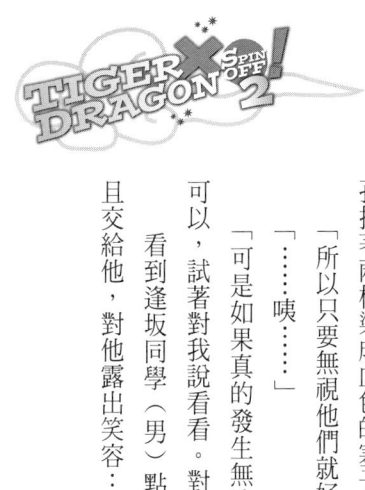

「即使沒有要事，只要想傳MAIL也可以寄給我。」

「……老師……老師……」

收下便條紙時，他的臉上——

「……老師……」

由脖子開始緩緩變紅。

（……咦？咦咦咦？這是……？）

唉，不過我是副導師，再說年紀和現在的高中生相近，也是大學剛畢業的自己最大「賣點」，而且我認為這也是建構人際關係第一步的方法。

戀窪望著少年面紅耳赤的臉，以及稍微僵硬的嘴唇，還是算了吧——內心突然想把遞出的便條紙要回來，不過最後當然沒有開口。

只是戀窪忘了一件事，逢坂同學（男）可以為了送回第一次見面的戀窪在他家門口掉落的腳踏車鈴，就出現在相隔兩個月的學校，並且老實哭述拒絕上學的理由。太認真的性格使他對於各種狀況過度敏感，也造成他不知道如何判斷人際關係的遠近。

——沒錯。就算是擁有健康肌膚之人感覺不到的微風，對於這種推心置腹的人來說，都像直接觸碰心臟一般有力，甚至等於電擊的衝擊。

你會用MAIL嗎?天真詢問出這個問題的戀窪當晚就得到答案。逢坂同學（男）相當擅長使用電腦，寫MAIL時可是充滿幹勁。

當天清晨三點開始每隔十分鐘一通，持續了十幾個小時，上百行的MAIL不斷傳來。

＊＊＊

得知逢坂同學（男）的作息完全日夜顛倒，就是因為他傳MAIL的時間總是集中在傍晚到清晨這段時間。大概是在下午三點過後起床，然後一直穿著運動服面對家裡的電腦，直到早上八點左右才睡覺，也不來上學。

結果從他早退之後那天過了三天，他都沒有來過學校。

「……啊……夠了……」

戀窪躺在鋪在套房地板上，印有愚蠢花紋的小地毯（兩千八百圓）上，傻傻地望著手機螢幕——電視裡的人服裝很詭異。因為很像巴西的森巴舞者，所以我都稱那個人是森巴。每封MAIL大概都是這種內容。但這種會侵蝕生活的MAIL數量才是最可怕的。

穿著連帽家居服，戀窪把臉擺在打開的手機上。「嗯……?有點臭?」發現到可有可無的事實，戀窪不禁起身聞了一下按鈕。從鏡子裡看到自己舉動的她嚇了一跳，連忙住手。

「……該怎麼說……啊啊。」

她把手機拋在桌上，視線空虛地望著沒有進展的上課計畫。現在不是聞手機的時候。明天上課的內容還沒整理，但是又要回覆MAIL，三封至少要回一封。逢坂同學（男）的MAIL成了最可怕的東西。昨晚試著關閉手機電源之後，更加證實這一點。

只要戀窪中斷一陣子沒有回應，對方就會一直、一直、一——直毫不間斷地傳「？」「呢」「咦」「呢」「？」「咦」「呢」……這種只有疑問的MAIL。看到間隔幾秒便排滿收件匣的MAIL，真的讓人差點昏倒。

如果睡前告訴他「我要睡了」就可以暫時不回信，但是取而代之的是深夜特有的情緒高亢、內容冗長的MAIL，早上起來必須有收件匣被塞爆的心理準備。

『腦袋輕飄飄的啦～～可能有點寂寞？吧？好想見妳喔～～老師～～我好奇怪。』

其中夾雜的表情符號莫名講究——戀窪用力抓頭皮。好癢……好癢！腦袋好癢！

「……唔啊啊～～可惡～～！算了！來吃東西吧！」

戀窪起身走向房間角落的小廚房，翻找櫃子拿出杯麵，連卡路里標示都沒看就加入熱水。雖然晚餐吃過便利商店的便當，但是上課計畫非得動腦不可，所以吃這點宵夜應該沒關係。雖說搞不好會讓皮膚乾燥。

拆開包裝，將紙蓋掀開拿出乾燥蔬菜包時，桌子上的手機發出震動。又是逢坂同學（男）

吧？總之等一下再處理，戀窪繼續倒進熱水。可是她注意到那是來電不是MAIL，會打電話來的人，頂多就是父母和男朋友。

「……喂？」

『百合。』

是男朋友。從上週吵架到現在第一次聯絡。

『妳現在可以過來嗎？』

戀窪沒有回答，先看向牆上時鐘。已經快十一點了。

「我不是說過車子送修嗎？沒有交通工具過去。」

『這個時間還有電車吧。』

「那就沒辦法回來了。」

『搭計程車回去，或是在我家過夜，明早搭第一班電車回去。』

「呃……這有點困難。」

『……拜託。拜託拜託拜託。百合如果不來……我……』

他醉了，正在哭。

而且還趁機撒嬌。

男朋友這副丟人現眼、死纏爛打的姿態只有自己看得到，這或許就是他敞開的內臟吧。

即使不再有隨之起舞的心跳加速或喜悅，戀窪仍然相信這點。因此——

「……我知道了。好啦，我過去。」

她也打算同樣坦率回應。

「等我到車站再打電話給你。你別再喝了，等我。聽見了嗎？不可以再喝了。」

從鏡子裡看到自己掛上電話的模樣——沒有化妝、頭髮全部用髮帶綁在後面、家居服。總之先換掉衣服，穿上手邊的襯衫、牛仔褲。臉已經來不及處理，至少把頭髮鬆開，勉強用橡皮筋綁上。「啊！泡麵！」……看來只能放棄。她決定讓廚房裡的泡麵繼續泡在熱水裡，當作忘了這回事。手機震動，她知道收到MAIL。雖然對逢坂同學（男）過意不去，還是晚點再處理。她連看也沒看就把手機丟進包包。上了電車再回就好吧。

錢包裡有一萬八千圓，有這些錢應該遇到什麼情況都足夠應付。把錢包丟到包包裡，她決定把上課用的筆記、字典、教科書也帶著。到那邊等他睡著之後，距離首班電車應該還有時間可以趕進度。

七手八腳準備好來到玄關穿鞋子時，已是接到電話十五分鐘之後。拿著自家鑰匙和腳踏車鑰匙，踏進門外悶熱的平日空氣裡，鎖好門，在大樓公共走廊快步走向電梯。包包裡頭的手機再次震動。等一下馬上回覆！戀窪在心中對逢坂同學（男）如此說道。

如此心急是因為她最近真的有點擔心男朋友。勞動基準法？啥？哪有那麼好的事？雖說自己也算不上輕鬆，身心都在夢想的職場裡受到折磨，但還是不免同情男朋友，如果可以幫上忙，她希望盡可能趕去他的身邊。

在四樓和蚊子一起搭乘破電梯來到一樓，打開沒有自動鎖的玄關大門走出門外，正準備往後方的腳踏車停車場走去時。

「唔哇！」

「……！」

身穿黑色運動服的少年驚叫一聲，戀窪則是發不出聲音，像漫畫人物一樣跌坐在地。

他——逢坂同學（男）像個少女遮住臉，不明所以地繞著他的腳踏車跑了一圈，以玩躲貓貓的模樣躲到支撐垃圾場屋頂的鐵柱後面，側身露出雪白的美少女臉龐看著戀窪……你在模仿古早愛情劇裡的情侶嗎？

「你、你你你你、你你你你你在這裡做什麼——」

戀窪壓抑聲音企圖冷靜下來，然而膝蓋抖個不停。因為這已經到了令人害怕的地步，居然跑到這裡來。逢坂同學（男）不是應該在水田旁邊的自家房間電腦前，以連珠砲的動作發送MAIL嗎？

「……MAIL……」

仔細一看，少年手中緊握沒掛吊飾的手機，掀蓋仍然開著，拇指按住按鍵。過了一會兒

「噫！」……戀窪包包裡的手機發出震動。

「……老師沒有回信，我猜想會不會是從電腦發MAIL有問題而沒收到，所以改用手機傳訊息……」

「從、從什麼時候開始！」

「……二十分鐘前……」

他的聲音沙啞低沉，MAIL上的輕浮模樣彷彿是假象。戀窪打開自己的手機一看，寄件人不知從何時開始變成手機。

「真、真的耶……！」

哈哈哈哈。除了笑之外，她已經不曉得該做何反應。

「……不過……你不需要自己跑一趟吧……？」

「……反正我的速度很快……忍不住就……」

「……不可以做這種事吧……？」

「……反正很近……我家到這裡……騎腳踏車很快……」

「……你、你快點回家吧……要、要我送你嗎……？」

「……老師……都是走Daily YAMAZAKI便利商店前面去學校嗎……？」

「……還是我打電話去你家……？」

時間就在兩人牛頭不對馬嘴的對話之中流逝。叫他回家也逃避，說要送他也逃避。等到目的不明，一直站著說話的逢坂同學（男）總算跨上腳踏車，戀窪目送他的背影離開直到看不見為止，才終於拉出自己的腳踏車。

全速在深夜街道上前進，然而為時已晚，到達車站時最後一班電車早已開走。

在車站打電話準備對男朋友說明狀況，對方以醉醺醺聲音說出的回應相當簡單。

——我已經不需要妳了。

我已經不需要妳了。不需要妳了。不需要妳了。不需要妳——

戀窪突然再也承擔不住肩膀上包包的重量，有點歇斯底里地想要拋開一切。她一個人在鐵捲門已經拉下的車站購票口前，愣愣望著自己的腳踏車。煞車雖然在壞掉那天修理，但是腳踏車鈴仍擺在房間某處忘了裝上。

房間裡的泡麵已經慘不忍睹了吧。真不願回想起來。早知道應該先把熱水倒掉。

＊＊＊

「怎麼可以做出這種招致誤解的事。」

「妳已經是大人了，處理事情應該更有方法。」

等等……

腳踏車踏板發出尖銳的聲音，可是抿著嘴的戀窪連這個刺耳的聲音都聽不進去。

學校規模小對工作反而是種阻礙。朝會開始時，那個八卦已經傳遍全校。第一節課結束時，連其他老師也聽說詳細內容——「有人看到二年級的囂張紙片男和新來的戀窪老師三更半夜密會。」……有學生看到大樓前面那場有如惡夢的對話場面。

早上的課堂不斷有紙條來來回回，私底下的竊竊私語也不曾中斷。有的課遇到女學生射來充滿厭惡的冰冷視線；有的課則是學生半開玩笑地配合時機弄掉鉛筆盒。戀窪可以忍耐快流出來的眼淚，卻無法掩飾腦袋一片空白、不曉得該說什麼的十五秒空白。

午休時間，非導師班的學生跑到教職員辦公室看戀窪的模樣。她早已心裡有數，放學之後會被校長、教務主任、學年主任叫去。她試著對他們解釋情況，拿自己的手機給他們看，證明這絕不是「甜蜜密會」。

即使如此，他們仍然認定責任全在戀窪身上，而且斥責她。不，這不要緊。事實上會招致這情況確實是因為自己的處理方式不夠好。可是一問起逢坂同學（男）將會如何，校長等人只是齊聲回覆：「他是個難應付的孩子。」這算什麼解決方法？「總之今天先把手機電源關掉吧？」——你們真的認為這麼做就能解決問題嗎？

戀窪雖然無法同意他們的看法，仍然當著上司面前關掉手機電源。滔滔不絕的MAIL在早上六點的「掰♡」之後暫時中斷，逢坂同學（男）大概還在睡覺。之後戀窪沒有打開手機電源。這不是在意上司的目光，而是沒有力氣。

加班結束騎著腳踏車離開學校時，天色已經全黑。看看手錶，時間已是八點。

「……必須吃點東西……」

吃點什麼……是便利商店，還是超市？或者回家吃……光是思考都覺得厭煩，也沒什麼食欲，戀窪的腳踏車近乎無意識地靠近家庭餐廳的閃亮看板。

進入充滿白色明亮光線的店內，女服務生領著她來到座位。戀窪把沉重的包包擺在兩人座的對面，看完菜單之後按下呼叫鈴，手指向莫名寫著「FAIR」的和風漢堡排套餐。

「……唉……」

整個人茫然坐進椅子裡。套餐附有飲料，她卻連去拿玻璃杯的力氣都沒有。「彈盡援絕」就是她的心情寫照。戀窪一個人望著冷水杯。可是這樣發呆下去，什麼事也不會改變。只是這樣坐著，並不能改變什麼。喝下不想喝的水，右手戰戰兢兢拿出包包裡的手機。

明白告訴他那些MAIL以及過來自家的行為讓老師很困擾吧。選擇不傷人的話語，就算困難也必須讓他明白。想要在和風漢堡排端上來之前，乾脆了斷這件事。

光是想到收件匣裡積了多少MAIL就感到害怕。她花了整整五分鐘才鼓起勇氣打開電源。眼睛不看向手機螢幕，終於屏息打開電源。但是——

「……咦？沒有MAIL……？」

收件匣裡從早上的「掰♡」之後，沒有收到任何MAIL。為什麼？在這麼心想的同時，戀窪安心地長嘆一了口氣，但當她發覺另一件事之後，又把剛剛那口氣嚥回去。沒有MAIL的意思，也代表昨晚睡前傳給男朋友的「今天真抱歉」沒有得到回應。

「為什麼……？我明明先開口道歉了……」

說起來自己根本沒道理要道歉。自己也想配合對方任性的要求，卻因為不可抗拒的事情失敗。我道歉了，甚至願意努力忘記那句過分的「我已經不需要妳了」，對方卻沒有回應。

無論從哪方面看來，我都是被耍的一方嗎？

大家想耍就耍嗎？

看著手機，戀窪感覺黑色的情感逐漸壓迫胸口。即使配合對方行事、即使這麼努力，對方還是不屑一顧嗎？我的存在這麼沒價值嗎？

「五彩繽紛當季和風漢堡排和白飯套餐。」

怎麼看都只是義式漢堡排的東西擺在戀窪面前。刀子叉子也位在與自己幾乎無關的平面上。此刻的對手是手中的手機。不、不對，是男人。

完全被看不起。

戀窪真的這麼認為。自己幾乎從來不曾抱怨，也不曾主動挑起爭執，更不曾要求什麼。

她自認是個好女友，若是被這樣踐踏還是保持沉默，連自己也覺得不應該。對自己來說太不講理。既然沉默不會得到任何人幫忙，只好自己站起來為自己發聲。

還是別說比較好——另一個冷靜的自己出現，想要阻擋暴怒的自己。什麼也別說，保持沉默忘掉，吃漢堡排吧。讓它過去吧，算了。這樣一來對方也會忘記，兩人就能和過去一樣相處。

「……和過去一樣……？」

繼續和過去一樣，單方面受到踐踏的關係。

情況不會有任何改變，就是繼續下去。

「……開什麼玩笑……！」

按下快速鍵「0」，聽到電話鈴聲響起。還是住手比較好——戀窪發出聲音打壓猶豫的念頭，不過才剛說聲「喂。」就已經變成快要哭出來的鼻音。

『啊，等一下，我在公司……我去抽菸區，等我一下。』

等了五秒鐘。

「喂，我說昨天的事，我根本沒錯啊！為什麼我不能發脾氣？為什麼必須配合你！我當然盡量做自己能做的事，問題是不是每件事我都辦得到啊！你又為我做了什麼？為什麼總是只有我一個人努力！」

戀窪拚命壓抑聲音：

「我已經努力不下去了……！」

語畢的她低下頭，擺出對抗衝擊的姿態，準備接受對方的回應。不曉得這個缺乏耐性的男人會說出什麼可怕的話語，戀窪害怕地發抖。可是——

『……對不起。』

沒等多久就得到的回應，溫柔到讓人驚訝。聽到出乎意料的聲音，戀窪忍不住疑惑偏頭。這麼說來，他曾經這樣說話嗎？感覺這聲音好懷念。接著——

『妳說得沒錯……真的是那樣。我自己也知道，我老是把負擔加在百合身上。明明想要和妳好好談，卻又以每天都很忙來逃避。真的對不起，讓事情變成這樣。』

「……咦咦……？」

這——戀窪屏住呼吸。

她真是嚇到了。

『我是個沒用的傢伙，對不起……謝謝妳。能夠遇到百合，和妳交往，我真的很幸福。真的、真的……』

「……唔唔……？」

這——這該不會是世人所謂的「分手」吧？不會吧？難道是真的？好像是真的。

等戀窪理解現在真的在談分手時，分手的話題也漸入佳境，進入最終階段。

『讓妳那麼費心，真的對不起。妳可以不用再努力了。』

慌張的戀窪接下來所做的事——

「……我、我愛你喔，聽見了嗎？我愛你，好愛好愛。我們在後年結婚吧。」

請看，這是我的內臟！她以眼前的刀叉割開胸口，取出裡面的東西一一呈現在對方面前。你看，這是心臟。我愛你，我只是想任性抱怨一下，可是我願意掏出整顆心給你——

『謝謝。我也愛過妳，曾經幸福過……因為愛妳……所以，再見。』

「……啊啊……？」

感覺眼前好像看到匆匆忙忙把自己的內臟重新裝回腹腔，隱藏所有難看、骯髒、血色的真實，縫上傷口，穿上內褲、長褲、襯衫、西裝之後揮手離去的男人。

只剩下漢堡排、白飯、水、帳單和一人份的內臟。不需要——被退回之後無處可去的戀窪百合不解偏著頭。這就是結束。

這就是……結束。

「……咦……？騙人……」

一手拿著掛斷的手機，此刻的她動彈不得。看，不是告訴妳別說比較好嗎？另一個自己得意洋洋地低聲說道。

戀窪茫然看著還沒動手的漢堡排，心想：沒想到一點也不痛，沒想到自己什麼想法也沒有，只是驚訝居然這麼簡單。

「……騙人……」

看向窗外，這才注意外面正在下大雨。直到「嗚咽……」發出聲音，她才發現自己正在公共場所抖著肩膀哭泣。明明沒有任何感覺，眼淚卻抑制不了地流出來，她無法阻止臉部難看扭曲。

送上來的餐點完全沒動，哭著結完帳之後，她逕自騎著腳踏車在大雨磅沱的夜路上前進。哭泣的她心想：這到底算什麼？

不是這樁戀情，而是自己。

到底算什麼？由頭髮流至臉上的雨水與淚水匯流在一起。好想死。她不曾想像過自己會有如此寫實的想法。後悔、憤怒、悲傷還不夠，她想要乾脆就此消失。

因為眼前無法反駁的事實，就代表自己沒有任何存在的價值。

「我到底在做什麼？我到底以為在這種地方能做什麼？為什麼？到底為什麼？我不是很努力嗎？不是想要有番作為嗎？」

結果卻是變成這樣，一切都是枉然，那些努力的日子打一開始就沒有任何意義。這個世界上最沒有存在必要的存在，無論再怎麼努力也沒用。已經不需要妳了——某人只說了這麼一句，就足以結束一切。

「……我到底在做什麼……是為了什麼……而存在……」

可是她又無處可去，只能回到自己的套房。

「……我該怎麼辦才好……」

回家，脫下溼衣服，卸妝，啟動洗衣機，泡澡，護膚，吹乾頭髮，晾衣服，準備明天的課，調鬧鐘，睡覺，起床——

「……我該怎麼辦才好……！」

天一亮又必須裝出一副什麼事也沒發生的表情繼續努力不是嗎？沒有存在價值也沒人要，卻必須拖著這個五十公斤的身體過活嗎？明明只是個內臟流出腹腔的殭屍女。

「我怎麼可能辦得到！」

在雨中踩著腳踏車一個人大喊。腦袋一片混亂，「嗚嗚嗚嗚！我要買單！」從她哭著在家庭餐廳收銀台大叫那一刻開始就已經崩潰。

「辦不到！我已經不行了！已經沒辦法努力了！」

看到九層樓的寒酸出租套房大樓。如果這條路走到盡頭能夠通往極樂世界該有多好，毫無痛苦地就此消失是最好的結果。誰還管明天早上如何。對了，最好今天晚上地球就會毀滅。反正無所謂了，就這樣，已經與我無關，全部炸掉消失吧。

「老師——————！」

「唔呀啊哇哇哇——啊啊啊哇哇哇哇啊啊……！」

旁邊一個黑影撲過來，嚇得戀窪打從喉嚨深處發出今晚最響亮的慘叫。

「老師——已經結束了哇啊啊啊啊啊！」

「呀啊啊啊啊別過來啊啊啊啊啊什麼東西！」

幸好沒摔倒——戀窪不禁感到慶幸。那個黑色運動服的溼透身影，當然是逢坂同學（男）。他的嘴巴一邊大喊聽不懂的話，從旁邊跳出來抓住戀窪的腳踏車用力搖晃。「住手！」——戀窪光是回應就用盡全力。兩個沒撐傘的人一來一往危險擺盪。

「老師，已經結束了，已經結束了啦啊啊啊！哇————！」

「噫……？」

「媽媽她、媽媽她拿走我的電腦和手機！那明明是我用自己的零用錢買的！電腦和手機，是我的我的我的呀啊啊啊！」

「拜託你冷靜一點！唔哇！呀啊！別這樣！別再搖了！真的會跌倒！咦咦咦？什、什麼?怎麼回事?發生什麼事了?」

「我的、我的、我的呀啊啊啊啊啊啊！」

端整的臉龐扭曲變形，逢坂同學（男）無法控制自己的狂亂。明明戀窪自己也很混亂，眼前卻看到比自己還要失控的人，因此除了害怕做不出其他反應。戀窪百合人生最大的精神爆炸很快地平息下來。

「總總總、總而言之先冷靜下來！告訴我怎麼回事！發生什麼事了？你今天沒有傳MAIL給我對吧？」

抽抽搭搭的逢坂同學（男）繼續喊叫：

「導、導師打電話到我家！說我造成戀窪老師的困擾……可是我沒有吧？」

「……唔、嗯……」

「對吧！可是我卻被爸媽莫名其妙唸了一頓！他們生氣了！把我的電腦和手機拿走！擺在車上載到某處！他們一定看了裡面的東西！一定拿去哪裡丟掉了！那是我的東西卻被丟掉了呀啊啊啊啊——！」

「……啊啊、啊啊、啊啊……」

逢坂同學（男）雖然發狂，但是沒有觸碰戀窪的身體，只是從旁抓著她腳踏車的龍頭不斷搖晃，不斷發出無能為力的悲痛慘叫。

他只能這麼做。因為他只是個小鬼。

「我已經完蛋了！我不懂大家為什麼能夠毫不在乎地活著！要怎麼做才能像平常人一樣上學？要怎麼做才能和其他人相處？我不知道不知道，我一定是天生的弱者，一生下來就很虛弱，註定無法活下去！只有老師懂我！妳懂我對吧！」

「……唔……唔唔──嗯……」

「對吧！」

──我好痛苦，我好弱小，所以沒辦法，只能整天在家睡覺。這是他的想法吧？我也想那樣──如果真有共鳴，當然是那樣沒錯。

「再說爸媽憑什麼拿走我用零用錢買的東西！」

只要把內臟全都倒出來，沉浸在痛苦裡哭泣就可以了吧──他是這麼想著。

「我不知道該怎麼做才好，我想只要來找老師，總會有辦法的。」

只要有了解自己的大人保護就好──小孩子真好，真的。可是我已經不是小孩子了。我是每天領薪水上班的地方公務員。

（……啊啊……原來如此……原來如此……）

腳踏車仍然不停搖晃，蜷窪在雨中睜大雙眼。

我也露出內臟喔，我們彼此了解喔，全部給對方看喔……已經不能再這麼做了。哪管內臟是敞開或是掛著，面對逢坂同學（男）──面對孩子時，必須擺出不曾受傷的臉，「露出你的內臟來看看？喔，原來是長這樣，那麼老師教教你。」——必須擺出自以為了不起的表情才行。就算被罵沒神經也無所謂，如果不打算理解，就必須從不對等的立場往下看。

「老師……！哪裡都好，帶我走吧……！」

「……好啊，過來。」

——為了用更強大的力量站在前面領導孩子，為了殘忍地提醒他明天早上要上學。

戀窪對著逢坂同學（男）比自己還要單薄的身體伸手，然後下定決心用力大叫：

「少給我撒嬌了————！」

「……咦……」

「沒錯，就是這樣，這樣。」

在扶著眼鏡的北村面前，戀窪的手有如夾娃娃機的夾子一樣開闔，張開的手指緊緊抓住頭頂，擺出那個動作。

「需要那麼驚訝嗎？不過就是像這樣抓住頭把他扭倒在地。」

「……老師的心情我也不是不懂，不過……如果在不同的時間可能有點問題吧？」

「就算是現在也很有問題。」

用門牙咬下第三片煎餅，戀窪對北村露出笑容：

「所以這事只告訴北村同學喔。」

「……這個……也是給我的建議？」

是啊。加油吧，班長——不，大家的學生會長。

「每天的生活就像『戰爭』。如果遇到什麼而遭受打擊，只有盡力打倒對方……你沒問題的。如果力量不足，就在原地站穩腳步等待機會。」

北村一臉嚴肅，挺直腰桿看著班導的眼睛，再次推了一下眼鏡，指向攤開的企畫書：

「……我現在正在等待機會，因此需要老師的協助。決定全力搞笑的我在等待機會，所以請老師上節目。對了，以訪問方式談談剛才的內容吧！」

「不不不！我剛剛不是說過有問題嗎？」

「那麼談談最近的事？有沒有什麼可以說的？」

「有是有！對，有……！的確有……很過分的事！」

「那麼就談那件事吧。這次就不強迫老師擔任第一集的特別來賓。等老師準備好再來聊。老師喜歡什麼歌曲也可以播放。有沒有什麼主題曲之類的？」

「……那個不會有著作權的問題嗎？」

逢坂同學（男）現在還是個MAIL狂。

從那次事件之後，他被父母強迫到學校上課，好一陣子拖著死魚眼在校園裡晃盪，直到某個女生對他說：「幸好你沒休學。太好了，我很擔心你喔。」因此他選擇踏上讓女生團體疼愛的道路，沒想到十分成功。

一旦受到女生歡迎、被視為人氣男，人際關係自然順利。後來他交了女朋友，畢業時身高也長高二十公分。

然後在今天早上──「萌香打噴嚏了～～♪」戀窪百合的手機收到他剛出生的愛女（流著鼻涕）過度修飾的照片。「這是什麼？」戀窪雖然稍微皺起眉頭，最後還是──「可惡！寶寶好可愛～～！」臉上流露笑容。

＊＊＊

每個人過著什麼樣的夜晚，旁人無從得知。

不給人機會窺探是一種禮貌，不去窺探也是一種禮貌。為了在早晨一到就暴露陽光下的世界工作，基於互相體諒的原則，大人始終對夜晚的事保密。在睜眼說瞎話的大人世界裡，大家都是這樣。

自己也屬於這個機構。真不曉得這是幸還是不幸，好還是不好。

只想大叫：不要緊！

在那場雨中——

「放我下來啊啊啊！呀啊啊啊！」

「絕對不要緊！閉嘴，抓緊老師！」

「妳上次不就摔車了！哇啊啊媽媽——！」

「我正要送你回到媽媽身邊！來，走了——！」

那天的那個斜坡，那一夜的那個黑暗。

那座山的竹林頂端。

讓重要的學生坐在腳踏車後座，巒窪強勢地俯瞰雨中的水田，踢了一腳溼滑的泥巴地。

不要緊，不要緊，絕對不會跌倒——就連她也不清楚這股自信從何而來。

後記

這台電腦是不是很髒……？我一邊這麼想一邊打後記。感冒的我不停咳嗽打噴嚏，螢幕和鍵盤好幾次遭到我噴出的感冒病毒直接攻擊，我的手碰了遭到污染的鍵盤之後，又抓起麵包吃……這讓我膽顫心驚。

進入正題。感謝各位閱讀《TIGER×DRAGON SPIN OFF2!》！根據計畫，下一本是《TIGER×DRAGON10!》（註：《TIGER×DRAGON10!》由台灣角川好評發售中），我們應該不會間隔太久就會再次見面，應該！因此請各位繼續支持！

為了確實執行計畫，現在不是感冒的時候……話雖如此，如今卻是這副狼狽樣。二十五歲之前就算覺得「好像快感冒了」，只要當晚好好睡一覺，隔天早上就能完全恢復。可是最近卻無法在「好像快感冒了」的時間點阻止病毒侵襲。即使吃藥、睡上幾小時、吃東西、喝維他命補給品，仍然百分之百會發病，就算認真休養也好不了，去醫院也好不了，最少整整三天無法從事社會生活。

以前不是這樣的……直到高中三年級為止，我還能夠穿著體育短褲（我那個時代還要穿體育短褲）充滿精神地翻滾。可是現在要我穿體育短褲在墊子上翻滾，可能還沒感冒就先沒命了。主要是在社會觀點的意義……話說回來體育短褲是怎麼回事？為什麼大家可以若無其事地穿著好像內褲一樣的東西運動呢？我是唸國、高中一貫的女校，所以運動會時可以看到五百個穿著體育短褲的屁股齊聚一堂的景象，現在想來真是壯烈到令人發狂的景色。才不過是十二年前的事，為什麼此刻覺得莫名遙遠……唉呀……？十二年……？當時剛出生的小孩現在也小學六年級了……？

……先別管遙遠的回憶，我肯定自己最近的免疫力太差。因為對「笑」的免疫力提高，每天都想帶著笑容度過，但是只要抬起視線，「膽顫心驚」的詛咒馬上就會映入眼簾。啊啊，似乎快凍僵了。回過神來冷靜審視自己開心寫下的玩笑話，忍不住打從心底發抖。

那麼各位！感謝大家陪伴我到最後！下一本作品是本篇《TIGER×DRAGON 10!》！我祈求能夠平安無事把故事送到支持我的各位手上，讓大家享用，同時打算靠意志力擊潰感冒病毒！二〇〇九年一月的現在，絕叫老師的漫畫版正在連載，動畫也在播放，不論哪一個都是讓原作者超級感動的作品！請各位務必要看喔！

（註：以上所述的動畫與漫畫出版時間為日本方面的時間）

竹宮ゆゆこ

國家圖書館出版品預行編目資料

TIGERxDRAGON SPIN OFF. 2, 秋高虎肥 / 竹宮ゆゆこ作 ; 黃薇嬪譯. -- 初版. -- 臺北市 : 臺灣國際角川, 2009.12

譯自 : とらドラ.スピンオフ2!虎,肥ゆる秋
ISBN 978-986-237-441-2(平裝)

861.57 98020353

Kadokawa
Fantastic
Novels

TIGER×DRAGON SPIN OFF 2！
秋高虎肥

（原著名：とらドラ・スピンオフ2！虎、肥ゆる秋）

2009年12月11日　初版第1刷發行
2023年10月2日　初版第2刷發行

作　者：竹宮ゆゆこ
插　畫：ヤス
日版設計：荻窪裕司
譯　者：黃薇嬪

發行人：岩崎剛人
總編輯：蔡佩芬
副總編輯：朱哲成
設計指導：陳晞叡
印　務：李明修（主任）、張加恩（主任）、張凱棋

發行所：台灣角川股份有限公司
地　址：104台北市中山區松江路223號3樓
電　話：（02）2515-3000
傳　真：（02）2515-0033
網　址：www.kadokawa.com.tw
劃撥帳戶：台灣角川股份有限公司
劃撥帳號：19487412
法律顧問：有澤法律事務所
製　版：尚騰印刷事業有限公司
ISBN：978-986-237-441-2